従軍看護婦

平松伴子　小説集

コールサック社

平松伴子　小説集

従軍看護婦

目次

平松伴子 小説集

従軍看護婦　目次

第一部

梅の花――「男は兵隊・女は従軍看護婦」

第一部

梅の花――「男は兵隊・女は従軍看護婦」

①

八月に入って暑さが厳しくなった。

とりわけ八月十五日が近づくと、あの日の暑さが体中に蘇えってきて、胸苦しくなる。

ニチ子は、のどの渇きを感じて、朝から三度もお茶を飲んだ。

時計が十二時をさすと、毎年のことだが「終戦記念日」の行事がテレビで放映される。

天皇陛下の「平和への祈念」の言葉が流れる。

ニチ子は、毎年、欠かさずこの時間にはテレビをつけて、天皇陛下の言葉に耳をかたむけてきた。

だが、ここ数年、どうしても最後まで天皇陛下の言葉を聞くことができない。いつの間にか、昭和天皇のあの「敗戦詔勅」とオーバーラップして、頭の中が混乱してしまうのだ。

敗戦詔勅（玉音放送）（昭和二十年）

朕深ク世界ノ大勢ト帝國ノ現状トニ鑑ミ非常ノ措置ヲ以テ時局ヲ收拾セムト欲シ茲ニ忠良ナル爾臣民ニ告ク
朕ハ帝國政府ヲシテ米英支蘇四國ニ對シ其ノ共同宣言ヲ受諾スル旨通告セシメタリ
抑々帝國臣民ノ康寧ヲ圖リ萬邦共榮ノ楽ヲ偕ニスルハ皇祖

皇宗ノ遺範ニシテ朕ノ拳々措カサル所曩ニ米英二國ニ宣戰セル所以モ亦實ニ帝國ノ自存ト東亞ノ安定トヲ庶幾スルニ出テ他國ノ主權ヲ排シ領土ヲ侵スカ如キハ固ヨリ朕カ志ニアラス然ルニ交戰已ニ四歳ヲ閲シ朕カ陸海將兵ノ勇戰朕カ百僚有司ノ勵精朕カ一億衆庶ノ奉公各々最善ヲ盡セルニ拘ラス戰局必スシモ好轉セス世界ノ大勢亦我ニ利アラス加之敵ハ新ニ殘虐ナル爆彈ヲ使用シテ頻ニ無辜ヲ殺傷シ慘害ノ及フ所眞ニ測ルヘカラサルニ至ル而モ尚交戰ヲ繼續セムカ終ニ我カ民族ノ滅亡ヲ招來スルノミナラス延テ人類ノ文明ヲモ破却スヘシ斯ノ如クムハ朕何ヲ以テカ億兆ノ赤子ヲ保シ皇祖皇宗ノ神靈ニ謝セムヤ是レ朕カ帝國政府ヲシテ共同宣言ニ應セシムルニ至レル所以ナリ

朕ハ帝國ト共ニ終始東亞ノ解放ニ協力セル諸盟邦ニ對シ遺

憾ノ意ヲ表セサルヲ得ス帝國臣民ニシテ戰陣ニ死シ職域ニ殉シ悲命ニ斃レタル者及其ノ遺族ニ想ヲ致セハ五内爲ニ裂ク且戰傷ヲ負ヒ災禍ヲ蒙リ家業ヲ失ヒタル者ノ厚生ニ至リテハ朕ノ深ク軫念スル所ナリ惟フニ今後帝國ノ受クヘキ苦難ハ固ヨリ尋常ニアラス爾臣民ノ衷情モ朕善ク之ヲ知ル然レトモ朕ハ時運ノ趨ク所堪ヘ難キヲ堪ヘ忍ヒ難キヲ忍ヒ以テ萬世ノ爲ニ太平ヲ開カムト欲ス

朕ハ茲ニ國體ヲ護持シ得テ忠良ナル爾臣民ノ赤誠ニ信倚シ常ニ爾臣民ト共ニ在リ若シ夫レ情ノ激スル所濫ニ事端ヲ滋クシ或ハ同胞排擠互ニ時局ヲ亂リ爲ニ大道ヲ誤リ信義ヲ世界ニ失フカ如キハ朕最モ之ヲ戒ム宜シク擧國一家子孫相傳ヘ確ク神州ノ不滅ヲ信シ任重クシテ道遠キヲ念ヒ總力ヲ將来ノ建設ニ傾ケ道義ヲ篤クシ志操ヲ鞏クシ誓テ國體ノ精華

ヲ發揚シ世界ノ進運ニ後レサラムコトヲ期スヘシ爾臣民其レ
克ク朕カ意ヲ體セヨ

裕　仁　天皇御璽

昭和二十年八月十四日

（内閣資料より）

今、日本は本当に平和なのか？
本当に戦争は終ったのか？
国民はみんな幸せなのか？

ニチ子は近頃、自分の体と心が、「平和」という言葉を拒絶し、「幸福」という言葉を空虚に感じているように思えて仕方がない。

敗戦後六十年、この夏を迎えて、ニチ子は心の虚しさを誰にも告げられずにいた。

テレビやラジオに出てくるのは、昭和天皇の、

「朕ハ時運ノ趨ク所堪ヘ難キヲ堪ヘ忍ヒ難キヲ忍ヒ以テ萬世ノ爲ニ太平ヲ開カムト欲ス」


ばかりである。

また、テレビの「特別番組」を見ていても、恒例のように、広島・長崎・沖縄・特攻隊の話題ばかりが出てくる。

それはそれで良いのかも知れない。しかし、戦争中に、

（耐え難きを耐え、忍び難きを忍んで生きていたのは、天皇ではなく、天皇の赤子、つまり、国民だったのだよ！）

と、ニチ子は思わずつぶやいてしまう。

そして、

（どうしてそんなことになったのか？）

（日本が始めた戦争の本当の目的は何だったのか？）

（誰がこの戦争を是認したのか？）

（この戦争の責任は一体、誰にあるのか？）

（本当の責任者は誰だったのか？）

などについては、テレビもラジオも新聞も、いつも触れずじまいなのだ。

まるで、病気の症状だけを論じて、原因を突き止めもせず、薬だけを処方しているバカな医者の話を聞いているような気がして、ニチ子にはどうしても納得できないのだ。

更に、ニチ子が疑問に思っている「敗戦詔勅」の一部分がある。

それは、

「世界ノ大勢亦我ニ利アラス加之敵ハ新ニ殘虐ナル爆彈ヲ使用シテ頻ニ無辜ヲ殺傷シ慘害ノ及フ所真ニ測ルヘカラサル……」


という部分である。

これは、「原爆投下」のことを言っているのであろう。

この部分を読んだ人は、

（天皇陛下は原爆を投下されることを知っていたのではないか？）

と、思うかも知れない。

ニチ子もそう思う。

（天皇陛下は「殘虐ナル爆彈（原子爆弾）」について事前にその恐れを知りながら、「ポツダム宣言」を受諾しなかったのではないか？）

（それは何故か？）

と、思いを巡らすはずだ。

しかし、毎年の終戦記念日に、このことに触れたテレビ番組は全くなかった。

そして、今年のテレビ番組にも「従軍看護婦」は一人も出てこなかった。

「従軍看護婦」という人間が出てこなかっただけではなく、その名称すら出てこなかった。

まるで「空気」のような、忘れ去られた存在であるかのように……。

アジア全域で二〇〇〇万人以上の死者を出した日本の侵略戦争。

自分たち従軍看護婦は、その悲惨な戦争の加担者だったのではないか？

ただの加担者ではなく、軍部の重要な一部として自らの命をかけてきたのではないか？

「お国のために」という言葉を信じ、「一億総火の玉となって」という命令の最先端を走り続けたのが、まさに自分たち従軍看護婦だったのではないか？

八月になると、そんな強い想いがニチ子の胸の中を駆け巡り、眠れぬ日々が続くのだ。

②

八十四歳になった元日本赤十字社の従軍看護婦（救護看護婦）・遠藤ニチ子は思う。

私たち従軍看護婦は一体、何だったのだろう？

戦争中、戦場に直接赴いた女は、正式には従軍看護婦だけであり、その結果、多くの犠牲者が出た。

「日本赤十字社の命令は、国の命令」だと教えられた。

しかし、戦後になり、その従軍看護婦の存在が、一貫して戦争の裏側に隠され続けてきた。

一体、何故だろうか？

それは、まるで敗戦国日本にとって、従軍看護婦の存在があたかも「不都合な存在」であったかのような印象を与えている。

しかも、従軍看護婦に戦場での悲惨な事実を「暴露される」のを恐れているかのような印象すら与えている。

出来ることなら、従軍看護婦という「人間の存在」そのものを、無きものとしたい、と言いたいような陰鬱な印象を与えている。

敗戦後、戦地に従軍した兵士には早くから国の「軍人恩給」が支給された。

その金額には、軍隊内での兵士としての地位によって、明らかな高低があった。

戦場には一切出ず、命令だけしていても、軍隊内の地位が高ければ、高額の恩給をもらい、命からがら生きて帰国した下級兵士の恩給の金額は、当然のように、お情け程度の額だった。

しかし、金額の高低に拘らず、貰えればよかった。

ところが、兵士と同じ「赤紙」で召集された従軍看護婦には、敗戦後、何の補償もなかった。

補償どころか、その存在すら無視され、一顧だにされなかったのだ。

思い余ったニチ子たち元日本赤十字社の従軍看護婦たちは、昭和五十（1975）年から戦後補償を求めて、国に対し陳情請願活動を始めた。

厚生省や衆参両議院や総理府にも行った。

日本看護協会や傷痍軍人会にも活動の協力を要請した。

昭和五十三（1978）年、衆議院で、「戦時勤務した従軍看護婦の恩給の件」として決議されたものと、翌昭和五十四（1979）年から支給されたものとは「似て非なるもの」であった。

「恩給の件」と称しながら、実際に支給されたのは国からの「恩給」ではなかった。それは、国庫補助による日本赤十字社からの「慰労給付金」という名目の補償金だったのである。

「慰労給付金」とは一体、どんな意味の「カネ」なのか？

しかも、支給を受けることができた元従軍看護婦は、

一、外地勤務三年以上の者。
二、戦地加算十二年以上の者。
三、但し、陸海軍の看護婦及び満州赤十字の看護婦は支給対象外とする。
と言い、その対象者は従軍した日本赤十字社の看護婦の二十分の一にも当たらない人数だったのだ。

③

昭和五十（1975）年のことであった。

敗戦後三十年も経って、「従軍看護婦にも戦後補償を！」と言って、初めて国に要求を突きつけたその日のことを、ニチ子は昨日のことのように、今も決して忘れることが出来ない。

全国から集まった元従軍看護婦たちを前にして、厚生省の職員は言ったのだ。

「従軍看護婦さんたちの勤務実態がよく判らないので、兵隊さんのような恩給を出すことは難しいんですよ。

何人の人がどこに従軍したのか？

どこで何人くらい死んだのか？

それが本当に戦死だったのか？

それらのことについて、厚生省には詳しい正式な記録が残っていないんですよ。

何しろ、日本赤十字社という所は国の機関ではありませんから、その記録を当てにすることは出来ないんですよ」

厚生省のその職員は、にやけた顔でそう言って、ニチ子たちをソローと見渡したのだ。

「記録がないって、そんなはずはないでしょう！

国にちゃんと記録があるはずですよ！」

ニチ子たちの仲間の一人が強い口調でそう叫んだ。すると、厚生省の職員は、エタりとばかりに言ったのだ。

「何しろ、従軍看護婦さんたちは、〝召集令状〟で出征した訳ではないですからね。だから、市町村にも記録として名前も残っていないんですよ。

軍属という形ではありますが、兵隊ではありませんから、軍隊の名簿にも名前が入っていません。ですから、軍隊にはそれを記録する責任もなかったんですよ」

厚生省の職員は、世間話でもするような軽い調子でそう説明した。

ニチ子たち元従軍看護婦の仲間たちは一瞬、耳を疑った。

召集令状で出征したのではないから、国には確かな記録もないし、それを残す責任もないと、厚生省のその職員が言ったのだ。

「いい加減なウソを言わないで下さい！

私たち従軍看護婦もちゃんと召集令状をもらって出征したんですよ！

陸軍省から認識証明書と辞令をもらって出征したんです！」

仲間の一人が声をふりしぼって絶叫した。

みんなが「そうだ、そうだ」と声を上げた。

すると、厚生省の職員は「待ってました」とばかりに、みんなの顔を見回して言った。

「皆さん、従軍看護婦の皆さんは、何か誤解していませんか？

皆さんが戦地へ行く時に渡されたのは〝召集状〟ですよ。

〝召集令状〟ではありませんよ。

〝令〟という字が抜けているんですよ。ご存知なかったみたいですね。

その意味がお解かりですか？

つまり、皆さんが受け取った〝召集状〟は天皇陛下の〝命令〟ではないんですよ。

その時、よく読んだ人は解かったと思うんですが、〝召集状〟を渡されても、応召を断ることが出来たということです。

例えば、結婚・妊娠・出産・本人や家族の病気など、理由があれば応召しなくても良いという内容だったんです。

昔の〝召集状〟をお持ちの方は、お家に帰ってもう一度よく読んで下さい。受領証にちゃんと書いてありますよ」

職員はそこで言葉を切り、勝ち誇ったようにニチ子たちを見回した。

ニチ子たち元従軍看護婦の仲間たちは、職員に言われたその言葉の意味が十分に理解できず、あっけにとられてお互いに顔を見合わせた。

「受領証……？」

職員は薄笑いを浮かべて、ニチ子たちを見下したような表情をした。

敗戦後、三十年以上も自分たちの身分に対する代償を誰にも求めず、今も現役で働いている元従軍看護婦たち。

白くなりかけた頭髪とシワの目立つ疲れた顔。

加えて、戦地で犠牲になった従軍看護婦の仲間たちのことを考えると、ニチ子には今の厚生省職員の言葉とその態度がどうしても許せなかった。

ニチ子は我慢出来ずに叫んだ。

「それでは、私たちは国にだまされていたということですか？

従軍中の給料は、婦長は軍の下士官に準じ、看護婦は兵士に準ずる、となっていたんですよ。当然、私たちは兵隊さんと同じだと思っていたんです。それのどこが間違っていますか？

〝令〟という文字があるかないかが、そんなに重大な意味を持っていたなんて、日本赤十字社の誰も説明してくれませんでしたよ。

私たちは、日本赤十字社にも、だまされていたということですか？　それも知らずに、お国のために応召した私たちは〝馬鹿〟だったということですか？

子どもの時から〝男は兵隊・女は従軍看護婦〟って教育されてきたんです。そんな教育をした国には、何の責任もないのですか？

そんな教育の裏側で作られた言葉の意味を、十七歳や十八歳、いえ、十四歳・十五歳の子どものような従軍看護婦たちに、理解できると思いますか？

理解できなかった私たちは、馬鹿だったということですか？」


ニチ子は叫んでいるうちに、自分自身が惨めに思えて、最後は涙声になっていた。

ニチ子の言葉につられて、三人の仲間が席を立ち、泣きながら職員につめ寄った。

「そうよ、そうよ。私たちは純粋にお国のためと思って戦地へ行ったんですよ。これではまるでだまし討ちではないですか？　まるで詐欺じゃないですか？

〝召集令状〟は〝だまし状〟だったんですか？

その〝だまし状〟のために、沢山の私たちの仲間が戦地で死んだんですよ。どうしてくれるんですか？」

厚生省の職員は、

「いえいえ、だから皆さんは〝召集令状〟は受け取っていないんですよ。

先ほど言ったように、兵隊さんの〝赤紙〟は天皇の命令ですから、選択の余地はないんです。何が何でも出征しなければならなかったんです。任地は色々ありましたが。

ところが、皆さんのは違うんです。

簡単にわかり易く言えば、皆さんは自分の意志で、自ら進んで、自分で希望して、戦地に行った、ということになるんですよ。誰も命令はしていないということです」

と、まるで小学生に説明するような口調で言った。

厚生省の職員にそこまで言われて、ニチ子たちは返す言葉がなかった。

確かに、従軍看護婦は自分の意志で戦場に行った。自ら進んで、戦地に赴いた。

それは一面の真理であろう。

では、そうするように教育した国や学校や社会や日本赤十字社には、何の責任もないというのか？

しかも、戦争を始めてその戦場を作り出し、「お国のため」という名目で多くの兵隊と従軍看護婦の命を奪った日本の国。その国の責任者である天皇や政治家には、「戦争責任」という重大な責任はないというのか？

ニチ子は、胸の中に大きな重い鉄の固まりができたように感じた。


初めての厚生省との交渉で、余りにも衝撃的な言葉を投げつけられ、元従軍看護婦たちは悄然として嘆息し、疲れきって厚生省を後にした。

ニチ子は歩きながら言った。

「お国のために命がけでやったことを、まるで自分勝手に好きでやったみたいに言われて、このままじゃ引っ込めないわ。

国が詐欺師みたいなことをするのは絶対に許せない。私たちだって、いつまでも〝日蔭の身〟ではいられないわ。これからもっと仲間を増やして、大きな運動にして行きましょう。

そうしなければ、戦地でお国のために散っていった私たちの仲間に、申し訳ないわ」

「うん、そうね。私たちは戦場で運命を共にしてきた仲間ですもの」

「こんなことくらいではへこたれないわ」

「こんなことでへこたれていては、死んだ仲間に恨まれるわ」

と、口々に言い、次回の会う日を約束して、東京駅から全国各地に戻って行った。

④

ニチ子は「召集令状」と「召集状」の違いを、この時ほど骨身にしみて思い知らされたことはなかった。兵隊が受け取った「召集令状」も従軍看護婦が受け取った「召集状」も、全く同じものだと思い続けてきた。否、そう思いたかった、と言った方が良いかも知れない。

実は、ニチ子は「召集令状」と「召集状」の違いを、全く知らない訳ではなかったのだ。だから尚さら、今日の厚生省の職員の言葉が、長い釘となって胸に深く突き刺さったように感じたのだ。

昭和十六（１９４１）年十月、遠藤ニチ子は日本赤十字社の救護看護婦養成所を、六ヶ月も繰り上げて、早期に卒業した。

そして、同時に「卒業証書」と「召集状」を受け取ったのだった。

何のための繰上げ卒業なのか、一言の説明もなかった。

後になれば、昭和十六（１９４１）年十二月八日の日本軍による「真珠湾奇襲攻撃」を前にした、軍部の準備のためであったことは明白だった。

しかし、その時は何も知らされず、「卒業証書」と「召集状」を大切に持ち、喜び勇んで両親の待つ家に帰ったのだ。

埼玉県南部の豊かな農村に生まれた遠藤ニチ子は、四人きょうだいの末っ子として、のんびりと育った。

村長を務めたこともある祖父と、村で産婆をしていた祖母。

広い水田を持ち、米作中心の農業に励んできた父と母。

長兄は跡取り息子として農業を継ぎ、次兄は隣町で商売の見習い中であった。

姉は既に嫁ぎ、家に残ったニチ子は両親に可愛がられ、将来を期待されていた。


昭和十四（１９３９）年、高等女学校を卒業したニチ子が、突然、

「私は赤十字の救護看護婦養成所に入学したい」

と、家族の前で言った時、家族は驚いた。赤十字の救護看護婦になるということは、遠からず「従軍看護婦」になるということだからである。

可愛い末娘を、そんな所に行かせたくない両親は、大反対だった。

「何故、ニチ子が救護看護婦にならなければならないんじゃ？　わしは反対じゃの

う！」

祖父の久吉がすぐに強い口調で言った。

続けて祖母のコマも言った。

「わしだって反対じゃ。なにもニチ子が救護看護婦にならなくたって、他になる人は沢山いるじゃろうが。例えば、女の子供ばかりで、出征する男の子供がいない家だとか……」

「うちだって、遠からず息子たちには召集令状がくるだろう。戦争はそう簡単に終わりそうもないでのう。こんなことは他所の人の前では言えんがの。子供をみんな戦争に取られちゃっては、わしらも困るでの！」

元村長だった祖父と産婆だった祖母と高等学校を出た父の寛介が続けて言った。

寛介は、村の知識人として敬われていただけに、日本国内の政治情勢や軍隊の状況には詳しかった。しかし、そんなことはうっかり外の人間には言えない。いつ「特高」に告げ口されるか分からないからである。

だが、可愛い娘であるニチ子の将来に関する問題であり、命に関わる問題である。

祖父の久吉も祖母のコマも父の寛介も、とても黙ってはいられないのだ。

ニチ子は驚いた。

祖父と父の反対意見を聞いて驚いた。それに、これまでそんなことを口にしたことのない祖母のコマまでが、祖父と父の意見に同調したのだ。

⑤

昭和十二（1937）年に勃発した「日中戦争」は、激化の一途をたどり、戦場へ向かう従軍看護婦のリンとした姿が、新聞にしばしば大きく載った。

その悲壮感に満ちた従軍看護婦の姿が、国民の戦意をいやが上にも高揚させた。

「男は兵隊・女は従軍看護婦」が学校教育の合言葉になった。

それだけでなく、日本の国民全体の目標になり、戦場に行くことが当然のことであり、また大きな「名誉」であるという心情を作り上げていった。

おっとりとしているが、体格が良く、正義感の強いニチ子が、国を守る従軍看護婦の姿に憧れ、そこに自分の姿を重ねることに、余計な理屈は必要なかった。自分こそが従軍看護婦に最も適した人間だと、心底思うようになっていたニチ子だったからである。両親と祖父母たちは、人知れず涙を流した。

しかし、ニチ子の決意は固く、家族たちはそのニチ子の希望を認めざるを得なかった。そして、東京の日本赤十字本社の救護看護婦養成所へ、涙と共に送り出したのである。ニチ子が病気にでもなって、一日でも早く帰宅するのを、家族たちは心密かに願いながら送り出したことを、ニチ子は全く想像もしなかったのだ。

赤十字の厳しい看護教育を受け、卒業を六ヶ月後に控えたニチ子が、突然、「卒業証書」と「召集状」を持って帰宅した時、両親と祖父母たちは驚愕し、悩んだ。

「やっぱり、こういうことになった！　今後の日本の戦争には何が起きるか分からん。女や子供がどういうことになるか、誰にも分からん！」

祖父の久吉はこぶしで膝を叩いて嘆いた。

中国戦線で日本軍が行き詰まっているという情報を、遠い親戚の新聞記者から手紙で知らされていたからである。加えて、ニチ子のすぐ上の兄（次兄）にも「召集令状」が来て、恐れていた事態が迫っていた。


ニチ子が帰宅した翌日、身の回りの整理をしていると、「従兄弟」に当たる篠田東吾がニチ子の家にやって来た。

東吾はニチ子より二歳年上で、大学の医学部の学生だった。

がっちりとした体格の東吾は、活動的な青年で、小さい時からニチ子たちとよく遊んでくれた「お兄ちゃん」だった。

東吾はニチ子の部屋に入って来るなり、そっとささやくように言った。

「ニッちゃん、〝召集状〟を貰ったんだって？

それで、応召するつもりなの？

ボクはやめた方がいいと思うよ。応召しない方がいいと思うよ」

東吾の唐突な言葉に、ニチ子はムッとした。

「何言ってるの、東吾兄ちゃんは？

私は従軍看護婦になるために赤十字の学校へ行ったのよ。お国のためになりたいのよ。それに、召集状を受け取った以上は、返すなんてことは出来ないわ」

「ニッちゃん、召集状を受け取っても、必ずしも応召しなくてもいいんだよ。よく読んでごらん。……例えば、結婚とか、……妊娠、出産とか、……本人や家族の病気だとか、……」

東吾は静かな口調でゆっくりと話した。

「東吾兄ちゃん、おかしなこと言わないで！

私は結婚もしていないし、まして、妊娠なんて……。関係ないわよ！　いやらしい!!」

ニチ子が強い口調で言い返すと、すかさず、東吾がニチ子の肩を両手で抱いて、たたみこむように言ったのだ。

「するんだよ！　ニッちゃん。ニッちゃんはボクと結婚するんだよ！

今すぐ、ボクのところにお嫁に来ればいいんだよ。

ボクは医学生だから当分の間、兵役猶予になるんだ。それに、………お父さんやお母さんやおじいちゃん、おばあちゃんの気持ちも考えてみなさい。どんなにみんなが悲しんでいるか。

今の戦争の情勢では、家族はそれを口に出せないんだよ。家族みんながどんな気持ちでいるか、考えてみなさい。

みんなの気持ちを解かってあげなさい、ニッちゃん！」

東吾は強い力でニチ子の肩を揺さぶりながら、最後の語句を強めて言った。

東吾がニチ子に結婚を申し込んで、応召をやめさせようとしたのは、ニチ子の両親や祖父母の願いなのだと、ニチ子はすぐに解かった。

涙ぐんだ東吾の真剣な眼差しが、ニチ子の胸を衝いた。

ニチ子は東吾に言われて、もう一度、「召集状」を読みなおした。

召集状

甲種救護看護婦　　遠藤ニチ子
救護看護婦トシテ召集ス
依テ十月二十日・午後一時三十分迄ニ
埼玉県浦和市日本赤十字社埼玉支部ニ参集シ
此ノ召集状ヲ以テ届出デラルベシ
昭和十六年十月十五日
日本赤十字社埼玉支部

受領証

一、召集状　右受領ス

応召ス
傷病疾病（事故）ニ依リ応召シ難シ
昭和　年　月　日
住所　○○○○○○○
氏名印　甲種救護看護婦　○○○○○○○　印

「召集状」には、受領証が付いていていて、確かに「応召ス」か「傷病疾病（事故）ニ依リ応召シ難シ」のどちらかを選ぶようになっていたのだ。

（事故）の部分に、結婚、妊娠、出産、本人家族の病気などが該当するのだろう。

但し、それには診断書か証明書の添付が必要だった。

確かに、「召集状」を受け取ったからといって、必ずしも「応召しなければならない」とは限らないことが、ニチ子にも解かった。

しかし、この非常時に、（事故）に該当する看護婦がいるのだろうか？

ニチ子は、多くの仲間が戦地に赴くのに、自分だけがぬくぬくと結婚生活に浸ることなど、到底考えられないことだった。


「ね、ニッちゃん、解かっただろう？

人間にはいろいろな生き方があるんだよ。

今すぐ、お国のためにならなくても、ニッちゃんが勉強してきたことは、必ず後で役に立つんだよ。

大きな声では言えないけど、戦地にいる先輩たちからの情報によると、日本の国は今、とても危険な状況にあるそうだよ。中国にいた戦闘部隊が南方に向かっているっていうんだ。国民には知らされていないけど、中国との戦いは必ずしも勝利しているとは限らないという情報がささやかれているんだよ。

こんなことをニッちゃんに言いたくないけど、女が戦地に行っても、余り役に立たないどころか、逆に足手まといになる可能性があるって言う人もいるんだよ。お国では、勝利だ、勝利だ、バンザイ、バンザイって言っているけど、現状はそんなに甘くはないらしいんだ。日本軍の中には丸ごと全滅した小隊や中隊もあるという噂もあるんだよ。

新聞に本当のことを書いても検閲に引っかかって、逆に処罰されるから、新聞記者の人たちは、もう記事を書かないって言っているらしいんだ。

ニッちゃんの気持ちも解かるけど、ボクや家族の人たちの気持ちも考えてくれ。ボクはニッちゃんに生きていて欲しい。ボクと一緒に生きて欲しいんだ。ニッちゃん、ボクは子どもの頃からニッちゃんのことが……」

「やめて、東吾兄ちゃん！　もうそれ以上は言わないで！

私だって東吾兄ちゃんのことを……。でも、でも……私は従軍看護婦になるためにこの三年間、一生懸命に勉強してきたのよ。

それを解かって、東吾兄ちゃん！

それに、東吾兄ちゃんが今言ったようなことは、学校からは聞いていない。学校では、日本軍は連戦連勝だって教えてくれた。だから……だから、東吾兄ちゃん、そんな心配しないで。お願いだから……」

ニチ子は東吾の手を振り払うようにして、隣の部屋に入り、襖を閉めた。

東吾は、そのニチ子の姿を見て、肩を落とし、悄然と部屋を出て行ったのだった。

⑥

ニチ子は両親や祖父母たちの切ない気持ちも解かった。東吾の真剣な愛と結婚の申し込みもありがたいと感謝した。

しかし、その夜、ニチ子は一人で受領証の「応召ス」にまるをつけ、ハンコを押して書類の準備をした。そうする以外に、自分の進む道はないのではないかと思ったのだ。

でも、東吾の悲しげな眼差しが胸を衝いて、その夜、ニチ子は眠れなかった。

昭和十六（1941）年十月二十日、ニチ子のために村民総出の壮行会が開かれた。男の兵士の出征と全く同じ規模で開かれた壮行会に、祖父母の二人は「体調不良」を理由に、姿を見せなかった。ニチ子は祖父母たちの気持ちを理解しながらも、「バンザイ！　バンザイ！」の声に送られて「名誉の出征」をしたのだ。

村の女の子たちは憧れの笑顔で「日の丸」の旗を懸命に振っていた。

男の子たちの代表は、

「ボクたちも後からすぐに行きますから、ニチ子お姉さん、お国のために頑張ってきて下さい！」と叫んだ。

「男は兵隊・女は従軍看護婦」の学校教育をまるで絵に描いたような、ニチ子の「晴れの出征」だった。

そして、二ヶ月の訓練期間中に起きたのが、十二月八日の日本軍による「真珠湾奇襲攻撃」だった。

アメリカ・イギリスに対する日本軍の戦争拡大は、確実に東南アジアに向かっていき、東吾がニチ子に話した通りの戦況になっていった。それ故、なお更、ニチ子の出征は重い意味をもつことになったのだ。

二ヶ月の訓練期間を経て、昭和十六年十二月二十日、ニチ子たち日赤従軍看護婦埼玉支部の一行は南方行きの病院船に乗船した。

広島の宇品港を母港にして、マニラ・高尾・基隆・上海・大連・釜山・青島・秦皇島などに寄港しながら、傷病兵を集めて各地の病院へ送り込んだ。

それは、想像以上の激務だった。血へドを吐くほどの船酔いに苦しみながら、アメリカ軍の激しい魚雷攻撃を受けた。また、台風によって船が沈没寸前になることも経験した。

兵士たちは悲惨だった。

寝返りもできない重症の傷病兵の数は、日増しに増えていった。汚物や傷口の腐敗臭が充満した船室に、一つの港に寄るごとに傷病兵が増え続け、もはや人間扱いできる状況ではなくなっていた。

航海中に兵士たちは次々と死んでいった。しかし、航海中に死んでゆくのは、兵士たちばかりではなかった。従軍看護婦たちもマラリヤやデング熱によって死んだいった。死んだ兵士と従軍看護婦たちは、「頭髪と爪」だけを残して、海の底に沈められた。

これも「戦死」として処理された。また、幸い命が助かった兵士の場合は、「召集解除」という形で別の船に移され、帰国する人も出てきた。

体の丈夫なニチ子は、日々の激務と船酔いにも耐え、赤十字の「博愛精神」を発揮していた。故郷の両親や祖父母のことを考える時間はなかった。

まして、東吾兄ちゃんのやさしい笑みなど、思い出したくても思い出せなかった。もはや、ニチ子自身がまともな人間の心を失くしていた。傷ついて苦しむ兵士たちへの同情心よりも、自分の食料を確保することに関心が向いていた。船の中で、食べ物の奪い合いが起きかねない状況になっていたからだった。

昭和十八（1943）年になると、病院船は危険だということから、ニチ子たちはマニラの陸軍病院勤務になった。ニチ子が乗っていた危険な病院船に、傷病兵たちはそのまま残されたのだ。その後、その病院船がどうなったか、情報は全くなかった。

大本営の「連戦連勝」の勇ましい発表とは裏腹に、南方戦線の日本軍の劣勢は明らかであった。しかし、ニチ子たちには何の情報も伝えられなかった。

「聖戦」を信じていたニチ子たち従軍看護婦は、陸軍病院に収容された傷病兵の世話を必死で続けた。

マニラの病院の中では、上官による執拗な傷病兵イジメを目撃した。イジメのターゲットは、田舎から召集された新兵たちだった。

「間抜けなお前らのせいで、オレたちまで危険な目に遭っているんだぞ。バカヤロー！」

と言って、上官たちは傷ついた新兵を足蹴にした。

このイジメが、後に「恩返し」という新兵たちから上官への「復讐」につながったのだ。そのことを知ったのは、敗戦直前のジャングルでの彷徨中のことであった。しかし、病院での看護の場でも、ニチ子たちが目にした上官たちの新兵イジメは、想像以上上で、目に余るものであった。「新兵教育」という名の「暴力」が、毎日のように繰り返されていたのだ。

一方で、陸軍病院近くの村の、林の中では、小さな小屋の前に列を作り、イライラした様子で立っている兵隊たちの一団があった。兵隊たちは手に手に小さな紙片を持っていた。会話もせずに、ただ順番を待っているようだった。

そこが「従軍慰安婦」たちのいる小屋だと教えてくれたのは、陸軍病院の先輩従軍看護婦だった。

「男たちにはアレが必要なのよ。アレがないと、いらついた男同士の喧嘩が始まって、それが暴動にまでなってしまう危険性があるのよ。戦争の始め頃、中国の奥地にいた日本軍の若い兵士たちが、女を奪い合う騒動がおきて、慌ててアレを作ったらしいのよ。だから、ここの軍でもアレを作って、男たちを抑えているのよ。そのお陰で私たちは兵隊から手を出されずにいるんだけどね。

あそこにいる女たちは、どこから連れてこられたのか、時々、女の泣き声が聞こえるって話だけど、その言葉が日本語ではないみたいだって。多分、中国人と朝鮮人の女たちじゃないかって」

戦地にいる女性は、自分たち従軍看護婦だけだと思っていたニチ子は、そこに「従軍慰安婦」という女性たちもいるということを初めて聞いて驚いた。そして、その女性たちのお陰で、自分たち従軍看護婦の身が守られているのだと聞かされて、何とも複雑な気持ちになった。

しかも、その女性たちが日本人ではないらしいと聞かされ、

（それでは、あの女たちはどこから連れて来られたのだろう？　こんな南方の小さな村の林の中に、あの女たちが勝手に来られるはずがない……。しかも、その小屋の前に並んでいるのは日本兵だけらしい……とのこと）。

ニチ子は同じ女として、その事実を深く考えるのがつらくなった。もし、自分たちがその立場に置かれたら……。

また、新兵イジメをしていた上官たちにも、そんな性的イライラがあったのかも知れないと想像すると、「お国のために戦っている男たち」の陰の部分を見せつけられた気がして、胸の中に何とも不快な気持ちが広がった。

これが戦争なのか？

これが「聖戦」なのか？

否、これが私の「名誉の出征」の場なのか？

ニチ子は、家族や東吾がニチ子にこんな経験をさせたくなかったから、応召に反対したのかも知れないと思った。もしかしたら、祖父や東吾はこんな戦場での日本兵たちの「性的欲求」のすさまじい状況を、既に知っていたのかも知れない、とニチ子はフッと想像した。

が、時すでに遅し。

昭和二十（１９４５）年に入ると、ニチ子たちの所にもわずかではあるが、日本軍の戦況の噂が届くようになった。日本軍の「真珠湾奇襲攻撃」を境に、アメリカ軍はここぞとばかり、まるで子どもが犬コロをからかうように、日本軍の弱点を見事に衝いてきた。

日本は「日独伊三国同盟」と「日ソ中立条約」を両手に掲げ、アメリカ・イギリスに真正面から挑んでいったのだ。

もともと、島国の日本に戦争継続の資源と経済力などないことは、外国の事情に詳しい外交官や企業家には判っていたはずだった。なのに、政治家と軍隊の暴走を誰にも止めることができなかったのだ。否、その外交官や企業家たちさえ、軍隊の暴走を止めるだけの情報を得る機会を奪われていたのかも知れない。

そして、最高責任者たる天皇陛下でさえ、真実の情報を手にすることが不可能だったのか？　それとも、「神国日本の天皇」として、敢えて軍部の情報を信じたのか？

山本五十六連合艦隊司令長官がソロモン島上空で戦死したとか。

女子挺身隊や学徒動員が始まったらしいとか。

サイパン島で守備隊が全滅したとか。

レイテ沖海戦で日本軍自慢の連合艦隊が全滅したとか。

どんな厳しい噂を耳にしても、ニチ子たちにはそんなことを考えてる暇はなかった。日々に増える重傷兵士の治療と看護で、たとえ重大な情報であっても聞き流すしかなかったのだ。

「赤十字の旗」は、どんな時にも自分たちを守ってくれると教育されてきた。しかし、もはや「赤十字の旗」も「ジュネーブ条約」も「博愛精神」も、何の役にも立たなくなっていた。

忘れもしない、昭和二十年一月二十三日のことであった。

アメリカ軍の絨緞爆撃によって、マニラの赤十字病院は壊滅したのである。建物はおろか、中にいた多くの傷病兵は勿論のこと、ニチ子の仲間九名の従軍看護婦たちが、一瞬にして、空に舞い散ったのである。

九名の仲間たちの体は原形をとどめず、ただ彼女たちの肉片だけが辺りの木の枝にくっついて、まるで「白い梅の花」のように見えた。

地べたにへたり込んだニチ子は、何が起きたのか、どうして自分が死ななかったのか、全く判らなかった。

ただ、木の枝についた「白い梅の花」をぼんやりと眺めていた。

そして、その「白い梅の花」がやがて故郷の家の庭に咲くきれいな「白梅」のように見えてきて、ニチ子の心を埼玉の故郷へと運んで行った。


生き残った者は、幸運だったと言えるだろうか？

奇跡的に生き残ったニチ子たちを待っていたのは、「死の彷徨」と「餓死」だった。

生き残った傷病兵の世話をしながら、昼間は岩陰や溝に潜み、夜はあてもなくジャングルの中を逃げ惑った。

窪地のたまり水で飢えをしのいだ。生きるために、兵隊たちに習って、ニチ子たちも蛇やタニシ、お玉ジャクシ、ゴキブリ、沢ガニなどを捕まえて食べた。また、雑草の根や茎を手当たり次第に食べた。

しかし、食べるものがあるうちは良かった。そのうちに、兵士たちは、一匹のゴキブリを奪い合い、ついには兵士同志が殺し合うようになった。

すると、生き残った兵士の中から、死んだ仲間の兵士の軍服を脱がし、軍刀でその兵士の体の肉を切り取って口にする者まで出てきた。

次の一人が死ぬと、また同じ光景が始まり、誰も文句を言う者はいなかった。

死んだ仲間の肉を食べて生き延びる。「生き地獄」とはまさにこのことだろう。

ニチ子は最初は目を蔽った。こんな光景を見ることは出来なかった。しかし、そのうちに、そんな光景にも何も感じなくなった。自分でも不思議に感じた。

更に、イジメを受けた若い兵士が示し合わせて、イジメた上官を殺すという場面にも出くわした。ニチ子たちが目撃したのは、とても外の者には言えない凄惨な場面であった。イジメた上官の倒れる姿を見て、若い兵士たちは勝ち誇ったように唇をゆがめた。

（これが聖戦を戦う「皇軍」の兵士なのだ！）

ニチ子たちは生涯、この場面を忘れることは出来ないだろうと思った。

⑦

今日が何日なのか、ここがどこなのかも判らず、雨にさらされ、風に打たれる日が続いた。

敗戦の一週間ほど前のことだっただろうか？　突然、「死の彷徨」が終わった。飛行機の爆音と共に、上空からヒラヒラと小さな紙片が舞い降りてきた。

それには拙い日本語で、

> にほんのへいたいはてっぽうをすてでてきなさい
> いま、でてくれば、あなたたちはたすかります

ニチ子たちにも、兵士たちにも、もうこれ以上は動けなかった。思考停止の状態に陥っていたのだ。

「何だこれは？　子どものいたずらか？」

一人の兵士が弱々しい声で言った。

「いや、これは謀略かも知れない。……大日本帝国陸軍は負けない。……みんなで自爆しよう！」

と弱々しく言った上官は、そのままそこに倒れて、意識を失った。


アメリカ軍による武装解除は速やかに行なわれた。

生き残った兵士と従軍看護婦は、捕虜収容所入りとなった。もし、あと一週間、武装解除が遅れたら、兵士もニチ子たちも、全員が餓死していただろう。

ニチ子は兵士たちの「戦死」の多くが「餓死」や「病死」であり、その中の一部には「復讐」という「殺人」による死もあることを、イヤというほど目にした。「戦死」とは程遠い「死」であることを身をもって知った。

ニチ子たちがアメリカ軍の捕虜収容所に連行される途中、現地の住民たちから、

「ジャパニーズ・バカヤロー・ドロボー。

「オマエタチ・ミンナ・シンジマエ！」

と、罵声を浴びせられた。

ニチ子たちは、「支配者」という立場から、「捕虜」という立場の人間になり、初めて自分たちの置かれている状況を思い知った。

日本人は、この戦争は「聖戦」だと教えられてきた。日本軍はアジアの人々を解放する「神様だ」と言った。

だから、現地住民の食糧を強奪し、様々な要求を突きつけるのは当然だと思ってきた。

しかし、「ジャパニーズ・ドロボー」と言われて、アジアの人々にとって、日本軍は「侵略者」であり「略奪者・ドロボー」だったということを、改めて思い知らされたニチ子であった。

兵士たちが果たして何人死んだのか、何人生き残ったのか、ニチ子たちには何も知らされなかった。同時に、「聖戦」だと教え込まれていた戦争が、「侵略戦争」だったと知り、これからは一体、何を信じたらよいのか分からなくなった。

しかし、アメリカ軍の捕虜収容所での生活はそれほど苦痛なものではなかった。食料も十分にあった。その上、医療の勉強の機会にもなった。

赤十字の看護教育を基礎に、アメリカ式の医療行為を経験する機会になったのだ。

それだけでなく、そこの医療チームが後の「日本の医療改革」の仕事をするメンバーに入っていて、ニチ子たち日本赤十字の看護婦の再教育の場に現れるという、奇跡的な巡り合わせの糸口にもなったのだ。

従軍看護婦の捕虜期間は短く、約二ヶ月で捕虜生活が解除された。

真っ直ぐ実家に戻ったニチ子が一番苦痛に思ったのは、「生きること」、そのことだった。こんなことなら、仲間たちと一緒に死んだ方が楽だったとニチ子は思った。

さらに、ニチ子の次兄が、ルソン島の北部で戦死したらしいという知らせに、祖父母や両親が悲しみにくれている姿を見て、ニチ子の胸に大きなドスが刺さったような気がした。

（兄ちゃんの代わりに、この私が死ねば良かったのだ！）

ニチ子は眠れぬ夜を過ごした。

豊かな農家には戦後のひどい食糧難の影響はさほどなかった。米もあった。

だが、ニチ子は白いご飯をなかなか口に運ぶことが出来なかった。餓死した仲間や兵士たちの最期の姿が、目の奥に焼きついていて、箸を出すことが出来なかったのだ。

両親や祖父母は心配し、

「東吾さえ、生きていてくれたら……」

と、ため息をついた。

従兄弟の東吾は、

「ニッちゃんが戦場で頑張っているんだ。ボクにだって出来ることがあるんだ」

と言って、自ら進んで陸軍病院の見習い医師になり、懸命に働いたという。

しかし、戦地からの帰還兵から結核の濃厚感染を受け、大量喀血の末、敗戦直前の六月に東吾は亡くなったという。

それを聞いて、ニチ子はさらに大きなショックを受けた。

「私こそ死ねばよかったのよ。東吾兄ちゃんは、これからの日本で必要な人だったのに……。生きていなければいけない人だった東吾兄ちゃんが死んで、私が生き残るなんて……」

ニチ子は東吾の仏壇の前で泣きくずれた。

ニチ子を戦場へ行かせまいとして、結婚を申し込んでくれた東吾。

「召集状」の意味を説明し、ニチ子の命を助けようとした東吾。

家族の悲しみを一身に背負ってくれようとした東吾。

ニチ子は自分が東吾を殺したのだと思うと、仏壇の前から離れられなかった。

ニチ子は帰国後、一年間近く、殆んど家から外に出ることが出来なかった。盛大な「壮行会」を開き、「名誉の出征」を祝ってくれた村の人たちと、顔を合わせることが出来なかったのだ。

村の人から、生還を祝う言葉をかけられるのが辛かった。否、村の人たちと顔を合わせたくなかったのだ。子どもたちが「日の丸」の旗を振る中を、いかにも悲壮な顔をして出征した自分を、何と弁護して良いものか、全く分からなかった。

やめればやめられた出征を、強引に押し切ったのは、自分の名誉欲だったのか？

単なる正義感だったのか？

本当に自分は「お国のため」になったのか？

銃弾が飛び交う中で、どうして自分が生き延びたのか？

戦死することが本当の「名誉」だったのではないか？

自分が生きて帰って来たために、家族は世間に恥をさらしているのではないか？

ニチ子は、てん転反側しながら眠れぬ夜を過ごしていた。


そのニチ子が、一年間、自宅でぼんやりと過ごした後、突然のように、近くの病院で働きたいと言った。

（これからは、死んだ従軍看護婦の仲間の分まで働こう！）

（みんなに貰った命なんだから、大切に生きよう！）

（餓死した兵隊さんたちの分まで生きよう！）

（結婚を申し込んでくれた東吾兄ちゃんの分まで生きよう！）

（そして、〝従軍看護婦〟や〝召集状〟なんて、イヤな言葉が使われない社会を作ろう！）

（そのために、多くの仲間や地域の人々と力を合わせて生きていこう！）

それが、生き残った従軍看護婦・遠藤ニチ子が出した結論だった。

その後、縁談もいくつか持ち込まれたが、ニチ子は全部を断った。

温かい家庭で子どもを育てる夢も見たが、目覚めるといつも独りの部屋にいた。

天井や窓や壁から、戦場に散った仲間たちの目が、ジッとニチ子を見守っているような気がして、ホッとした。

「よし、今日も頑張るぞ！」

と、ニチ子は自分に声をかけ、心を奮い立たせた。

⑦

昭和五十三（１９７８）年、ニチ子の呼びかけで、全国の元従軍看護婦たちが立ちあがった。戦争中に自分たちが払った心身の犠牲に対して、国にその代償を要求したのである。

しかし、「召集状」という奇妙な紙片のために、なかなか運動の成果は上がらなかった。

「自発的に戦場に行った人間は、他にも沢山いるんです。理由の如何を問わず、そういう人には戦後補償はしないんです」

という厚生省の職員の意見は変わらなかった。

これに対して、もと従軍看護婦側から、

一、もし、従軍看護婦がいなかったら、傷病兵の治療や世話は誰がしたのか。
　傷病兵は見殺しにされたのではないか。

二、従軍看護婦の名簿が作られなかったり、勤務状態を把握しなかったのは、国の怠慢ではないか。

三、日本赤十字社は、国の命令によって看護婦を戦場に送り出したのではないか。
　その命令を出した国が責任を取らないのは納得できない。


若い看護婦たちも共に闘ってくれた。

いろいろな平和団体や全国の女性団体の支援も受けた。

その結果、最初は、従軍期間に応じた「慰労給付金」という意味不明のカネを、日本赤十字社から支給することによって、政府は責任を逃れようとした。

しかし、その内容と金額の不公平さが問題になり、次第に給付金額が是正されるようになった。が、その額は兵士の「軍人恩給」の足元にも及ばないものだった。

「男は兵隊・女は従軍看護婦」などという、あの宣伝文句は一体、何だったのか？

敗戦後、三十年以上も経って、ようやく「従軍看護婦」の立場が表に出てきたのである。そして、当の「従軍看護婦」たちも、やっと戦争中の悲惨な体験を語り始め、文章に書き記すようになった。

「今、自分たちが本当のことを書き残しておかないと、自分たちがこの世に存在した証すら無くなってしまう」

「二度と〝従軍看護婦〟という『戦争加担者』を必要とするような社会を作ってはいけない」

そんな切実な気持ちがニチ子たちの心を駆り立てたのだった。

ニチ子は「梅の花」が好きではない。

春の訪れを告げる「梅のたより」がテレビで報道される頃になると、ニチ子はテレビから目をそらす。

マニラの爆撃で散った仲間の白い肉片……。

「白い梅の花」が咲いたような、肉片のついたあの木の枝……。

その木の姿を一瞬、美しいと思った、あの時……。

八十四歳になったニチ子は、いつになったら「梅の花」を、「梅の花」として見ることが出来るようになるのだろうか？

「梅の花」を真に美しいと感じる時が、いつになったら来るのだろうか？

ニチ子は毎年、春になるとそう思う。

（完）

第二部

十六歳の従軍看護婦

第二部　十六歳の従軍看護婦

①

昭和十九（1944）年八月二十九日、配属された病室の入口に立つと、患者たちが一斉に拍手をした。

悦子は驚いて、体を固くし、婦長の戸村さえの顔を見た。

「患者さんたちが喜んでいるのよ。あなたが昭和生まれの従軍看護婦だからよ。昭和生まれの従軍看護婦が、はるばるマニラまで来てくれたって、みんなが感激しているのよ」

そう言われて、幼な顔の悦子は頬を染めた。

「樋口悦子であります。お国のために戦っている皆様の一日でも早いご快癒を願って、一生懸命にお世話をさせていただきます。どうぞ、よろしくお願い致します！」

大きな目を見開き、しっかりとした口調で悦子は軍隊式のあいさつをした。

「おお、ありがとう。頑張ってくれ、昭和生まれ！」

兵士の一人が大声で叫ぶと、また大きな拍手が湧いた。

広い病室の中には、むせ返るような臭気が充満している。消毒薬の臭い、男たちの体臭、尿や便など汚物の臭いなどが交じり合っている。

悦子は鼻をつくその臭気に、一瞬、吐き気を催したが、懸命にこらえ、改めて傷病兵たちの顔を見た。

すると、三十代後半くらいの一人の兵士が、悦子の近くで呟いた。

「可哀想に、こんな子どもまでが従軍看護婦だなんて……。故郷の親御さんはさぞ心配しているだろうに……」と。

悦子はハッとしてその人の顔を見返したが、

「お国のために、頑張れよー!!」

という周囲の大声に、最後の部分が聞き取れなかった。その兵士は黙って横を向いた。

ここはマニラのケソン病院。

兵站病院の中でも有数の施設を誇る大日本帝国陸軍の病院である。大部屋には軽傷の兵士が七十名ほど収容され、それぞれベッドに体を横たえている。

一方、重傷兵士は六人部屋で、第一報「病い重し」・第二報「危篤」・第三報「死す」、の三段階に分けられていた。

そして、最も広い部屋は「英霊の部屋」だった。そこには、遺骨が入っている「白木の箱」が、天井に届くほど積み上げられていた。

この「白木の箱」を白い布で包み、俗名を縫い付けて内地に帰すための準備をする。それも従軍看護婦の仕事だとされていた。

悦子は軽傷兵士の世話をする時には、

「早くよくなって、またお国のために働いて下さい」

と言葉をかけた。

重傷兵士の部屋では、そんな言葉を口にすることは出来なかった。彼らが軽傷の大部屋に移る可能性はほとんどなく、遠からず、「英霊の部屋」に移って行くことが分かっていたからである。

まだ十六歳の悦子である。その悦子にとっては、この三段階の分別はとてもつらい場面であった。兵士たちの人生に、「生から死」への段階がつけられ、自分がその段階のどの部分にいるのか、兵士たち自身も知っているからである。

朝、あいさつをしてくれた兵士が、夕方には「白木の箱」に入るような毎日であった。

②

樋口悦子は川越の水郷地帯である鴨田村の大きな農家に生まれた。六人姉妹の末娘である。家族のみんなから「悦ちゃん」と呼ばれ、可愛がられた。

姉たちは、みんな近隣の農家や川越市内の商家に、早々と嫁いでいった。何もない時代なら、悦子は樋口家の「後取り娘」として、婿養子をとり、農家の主婦として、平凡に暮らしたであろう。

しかし、この戦時下である。村の家々からは毎日のように、息子たちが「召集令状」によって、お国のために戦地へ送られている。ところが、樋口家には出征する息子がいない。両親も家族も、肩身の狭い思いをしていた。

そんな時、一つのことにひたすら打ち込む性格の悦子が、看護の道に進みたいと言ったのである。

小さい頃から看護婦になるのが夢だったという悦子は、高等小学校を卒業と同時に、日本赤十字社埼玉県支部の救護看護婦養成所に入学した。二年間の養成期間を優秀な成績で終了した悦子は、昭和十九（１９４４）年三月、「乙種救護看護婦」の免許を取得したのだ。

悦子の許に「召集状」が届いたのは、昭和十九年七月末日のことであった。

早朝七時、村役場の兵役係の職員がピンク色の封筒を届けてきた。そのピンク色の封筒には、「書留速達」のハンコが押されていた。

中央には、

救護看護婦　　　樋口悦子殿

本人不在ノ場合ハ家族又ハ同居者ニ於テ開封セラルベシ

と印刷されてある。

封筒の裏側には、

埼玉県浦和市中町三丁目四二番地　日本赤十字社埼玉支部

と印刷され、封筒の中には、

直チニ日本赤十字社埼玉県支部ニ出頭セヨ

と書かれた「命令書」が「召集状」と共に入っていた。

朝食を終えたばかりの樋口家は大騒ぎになった。

父の政春は、田の草取りの準備を放り投げ、自転車で村長の家や近所や親戚の家へ知らせに走った。

母の君江は、顔面蒼白となり、震える手で「召集状」を持ち、立ち尽くしていた。

「とうとう、こんなものが……」

と、呟いていた君江は、やがて無言で箪笥からサラシの布を引きずり出し、近所の家々や近くの学校に行って、

「うちの悦子が出征することになりました。千人針をおねがいします。無事にお役

目を果たせますように……」

と言って足早に回って歩いた。村の人たちは、

「おお、そうかい。それはおめでとうさんだなあ。樋口のウチでもやっと世間並みにお国のためになることが出来るなあ。この御時世だ。誰も戦地に行く者がいないウチじゃあ、肩身が狭いっていうもんだでなあ。これで政春さんも大きな顔が出来るってもんだ」

と言って、悦子の出征を祝った。

両親の不安をよそに、悦子は、

「やっと私にも召集状がきた。お国のために頑張る時が来た」

と言って喜んだ。

悦子はこの日をどんなに待っていたことか。たとえ十六歳でも、お国のためになれる。「男は兵隊・女は従軍看護婦」と、毎日のように新聞に大きく報じられる。学校の先生も二言目には「お前たちも頑張れよ」と言う。

あの従軍看護婦の姿！　お国のために直接、戦場に出征できる女は、「従軍看護婦」だけである。

つばのついた帽子と、太いベルトで身を引き締めたワンピース姿。

襟に結んだ同色のネクタイと、黒の靴下に編み上げ靴。

腕には大きな「赤十字」の腕章。

十六歳の少女が夢にまで見た赤十字の制服姿。

今、悦子は憧れの制服姿で出征しようとしている自分に、限りない誇りと至福の一瞬を感じた。


「救護看護婦」は、高等女学校を卒業後、三年間の養成期間を経て免許を得る「甲種救護看護婦」が正式であった。

しかし、昭和十六（1941）年頃から繰上げ卒業をさせるようになり、ついに「乙種救護看護婦」を作らなければならなくなった。戦地の看護婦が急速に不足し始めたからである。中には「再召集」を受けた「甲種救護看護婦」も増えてきたという。

悦子はお国のために働くのに、甲種も乙種もないと思った。それよりも、一日も早く戦地に趣き、お国のために戦っている傷病兵の世話をしなければならないと思った。

昭和十九年八月一日、陸軍省から「認識証明書」が発行された。

乙種救護看護婦・樋口悦子ハ、
戦地軍隊ニ於ケル傷病及病者ノ状態改善ニ関スル條約ニ依リ専ラ軍隊衛生
勤務ニ従事スル者タルコトヲ認識証明スル

その日、悦子の家の庭は、たちまち多くの人で埋まった。

近所の人々や地域の役員。村の「大政翼賛会」の会長をはじめとする会員。白いエプロンにたすき掛けの「大日本婦人会」の会員。国民学校の先生や生徒たち。

人々は手に手に「日の丸」の旗を持ち、

「樋口悦子クンの出征、バンザイ！　バンザイ！」を繰り返していた。

悦子は、まるでジャンヌ・ダルクというフランスの女革命家にでもなったような悲壮感と、お国を守る英雄にでもなったような、心の高揚を抑えることが出来なかった。

その日の午後三時、集まった人々の行列を従えて、悦子は川越駅へと向かった。

道すがら、そんな悦子の姿に、「ありがたや、ありがたや」と言って手を合わせて拝む老婆たちの一団もあった。

③

川越駅前は、国民学校の同級生たちで溢れていた。悦子の勇姿をひと目見ようと集まってきていたのだ。

「悦ちゃんにはもう召集令状がきたんか？　女なのに羨ましいなあ。おれも早くお国のために働きたいよ」

同級生の克男の大きな声が聞こえた。すると、悦子に付き添ってきた姉が誇らしげに言った。

「悦子に来たのは召集令状ではないよ。召集状だよ。従軍看護婦だから」

「エッ、そんなのもあるの？　召集令状でなくても、出征できるんか？　十六歳でも出征できるんか？　初めて知ったよ」

そう言う克男の大きな声が、悦子の耳にも届いた。

「そんなことはどうでもいいことだ。召集令状でも召集状でも、出征は出征だ！　余計なことを言うな！」

と、周囲の大人が強くたしなめたため、克男は黙ってしまった。

しかし、克男のこの素朴な疑問が、敗戦後、従軍看護婦たちにとって重大な意味をもつことになろうとは、誰一人、夢想だにしないことであった。

やがて、鴨田村の助役による、

「大日本帝国　万歳！　樋口悦子君　万歳！」

の発声で見送りの儀式は終った。

悦子は両親にあいさつをする時間もなく、急いで大宮行きの列車に乗り込んだ。

悦子は、同級生の男の子たちよりも先に出征することが痛快に思えて、窓外に広がる故郷の田園風景を眺めても、殊更に感傷的にはならなかった。

ただ一つの心残りは、両親へのあいさつをしてこなかったことであった。けれど、わが娘がお国のためにご奉公することを、両親もきっと誇りにしているに違いない、と悦子は思った。


昭和十九（１９４４）年八月二日、上野駅から広島行きの夜行列車に乗った日本赤十字社埼玉支部の救護看護婦十名は、二十七時間後、広島駅に到着した。

直ちに広島連隊で「軍属宣誓式」に臨み、正式に日本陸軍の軍属となった。悦子たちは晴れて「従軍看護婦」になったのである。

従軍看護婦はどこでも丁重に扱われた。

旅館では女中さんたちが、親切に世話をしてくれた。食事には埼玉の田舎では見たこともない魚料理が出た。水泳練習の後には、シャワーまで用意されていた。

病院船の入港遅れを口実に、悦子たちは厳島神社へ「武運長久祈願」に行き、安芸の宮島見物をさせてもらった。

「まるで修学旅行に来たみたいね」

「修学旅行よりずっと豪華じゃない？」

「じゃあ、ひょっとして、新婚旅行の予行演習かな？」

などと言って、悦子たち十人ははしゃいだ。

市内を歩いていると、白手袋をした陸軍の将校が、馬上から、悦子たちに挙手の礼をした。

悦子たちは慌てて立ち止まり、敬礼を返して、

「従軍看護婦って、すごいんだね。従軍看護婦になってよかった」

と、みんなでささやき合った。しかし、後になって考えると、これは本番前のささやかなお楽しみだったのだ。

（後顧の憂いがないように、せいぜい生きている今を楽しんでおきなさい。後はど

うなるのか、誰にも保障出来ないんだから……）

と、戦の神がどこかでほくそえんでいたのかも知れない。嵐の前の静寂だったのだ。

やがて、病院船「橘丸」の入港が決まり、軍の連隊から、個人の「写真と頭髪と爪」を提出せよという命令が下った。

それが何を意味するのか、若い悦子たちは誰も深くは考えなかった。上からの命令には誰も疑問も持たず、質問する者もいなかった。

埼玉生まれ、埼玉育ちの悦子たちは、大きな船など間近で見たことがない。悦子たちは偉容な「橘丸」の姿に驚いた。

緑色の巨大な船体には、横に白線が引かれ、中央部には大きな「赤十字」が描かれている。これなら、どんな遠方からでも「赤十字の船」であり、「病院船」だと識別できる。

「赤十字」の印が神々しいばかりに悦子の目には映った。

（これなら、私たちの命は保障される。何の心配もない）。

悦子は、小さい頃に母のふところに抱かれた時のような、深い安堵感を覚えた。

④

昭和十九年八月十九日、午前八時、「橘丸」は宇品港から下関に向けて出航した。

盛大な見送りを受け、甲板に並んだ兵士たちは一斉に敬礼をした。悦子たちも同じように並んで、まるでスターになったように大きく手を振った。

しかし、最終目的地がどこなのかは知らされなかった。

「橘丸」に乗り組んだのは、召集された軍医、他県の日本赤十字救護班員など、合わせて六十名だった。

下関港からは、さっそく傷病兵六十余名を乗せ、台湾の基隆陸軍病院へ送り込むのが悦子たちの最初の仕事だった。

九州の傷病兵たちを何故、台湾の病院に移すのか？

悦子は不思議に思ったが、忙しさの余り、誰からもそんな疑問は出されず、いつしか悦子の胸からもそんな疑問は消えていった。

基隆の港を出た「橘丸」は、たちまち荒波にもまれた。悦子たち従軍看護婦は初めての激しい船酔いに苦しんだ。食事はおろか、水も飲めず、吐き気と嘔吐の連続で、洗面器を手放せない状態になった。

船の柱や壁に衝突し、体のあちこちにアザができた。しかし、誰も弱音を吐く者はいなかった。病院船勤務では、「血ヘド」を吐く苦しみも序の口だと聞かされていたからである。

やがて、悦子たちは最初の大きな衝撃に遭遇することになった。

八月二十四日の深夜のことであった。非常ラッパで飛び起きて上甲板に集合した悦子たちの目の前には、真っ赤な炎に包まれた日本軍の輸送船があった。敵の魚雷にやられたのだという。

そして、

「助けてくれー！　助けてくれー！」

と叫ぶ沢山の声を残して、輸送船は暗い海の中に沈んでいった。

命令によって「橘丸」は全速力でその場から逃れ、安全地帯まで行った。恐らく輸送船には数百人の兵士や傷病兵が乗っていたであろう。その中の一人も救護することなく、「橘丸」は逃げたのである。

悦子はこの情景に衝撃を受けた。

目の前で、暗い波間に消えて行った兵士たち。その兵士たちの助けを求める声に、後ろ髪を引かれる思いで、悦子は立ちつくしていた。

悦子は、「輸送船」とは、武器や戦具を運ぶ船だと思っていた。そこに多くの兵士がいて、船と共に海底へと姿を消したのだ。その現場を目の当たりにして、大きな衝撃を受けた。

「あそこにいたら、こちらまで巻き添えをくって、今頃は海の藻屑になっていたかも知れないのよ。仕方がないのよ、戦争なんだから。どちらかが先に死ぬのよ。アメリカ軍は、輸送船に兵隊が乗っているのを知っていたんだね、きっと」

同じ埼玉班の先輩である瀬山りくが、悦子の肩を抱いてそう言った。悦子はこの時、初めて涙を流した。

召集状を受け取ったその日から今日まで、涙を流すような場面には出くわさなかったが、今回だけは別だと思った。海の藻屑となった兵士たちにも、やさしい親や兄弟がいるだろうと思った途端、涙が止まらなくなってしまったのだった。

「今のうちに泣いておきなさい。そのうちに泣いてる暇なんかなくなるから」

瀬山りくはそう言って、後ろを振り向きもせず、船室に入って行った。


バシー海峡に入ると波が急に静まり、鯨の群れが潮を吹きながら「橘丸」を先導してくれる。まるで、絵本に出てくるような風景だった。そして、一週間ぶりに島らしき影が目に入った。ルソン島であった。

空は青く澄みわたり、南国らしい強い太陽の射す中を、原住民らしき男が、小さなボートで「橘丸」に近づいてきた。

いよいよ上陸の準備である。悦子は不安と共に胸の高鳴りを覚え、これからが本番なのだと自分に言い聞かせ、覚悟を決めた。

悦子たち埼玉班十人の着任と入れ替わりに、前任の十人が帰還することになった。彼女たち十人は、全員が甲種救護看護婦であったから、悦子のような十六歳という者はいなかった。赤十字の制服をきちんと身につけた前任者たちは、うつむき加減に病院船へと向かい、列の歩を早めた。その姿は、全力を尽しきったという姿にも見えたが、その反面、これで日本に帰れるという「安堵感」を全身に表わしているようにも見えた。

交替要員の悦子たち十人が配属されたのは、比島派遣威第一〇六一二部隊だった。この部隊は山下奉文司令長官の第十四方面軍であった。病院は南方第十二陸軍病院第一分院の田村隊であった。

兵士ではない悦子たちは、〇〇部隊と言われても、すぐには理解することが出来ない。「山下奉文」という名前は聞いたことはあるが、その人が自分たち救護看護婦の仕事とどんな関係があるのか分からず、病院の「田村隊」と聞いても、田村という人の苗字だということを理解するのに時間がかかった。

埼玉班は「第三〇一救護班」と呼ばれ、悦子たち新しく着任した十人を加えて二十六人の編成だった。仕事も生活もすべて軍隊の指揮下に置かれた。この状況から見て、従軍看護婦はすべて兵士と同じだと悦子は思った。

宿舎から病院へ通う道の両側には、アカシア並木が続いていた。強い太陽の下で、咲き競うハイビスカスの大輪の花々を見たのは初めてだった。

のどかな風景の中で、ここでも悦子たちの処遇は行き届いていた。

食事の世話は専属のボーイがしてくれた。

生活の世話は書記がしてくれた。

毎日、午後三時にはアイスクリームとコーヒーが支給された。

時には籠いっぱいのバナナや、砂糖をたっぷりまぶしたバナナの油揚げが出た。

見たこともないご馳走だった。

「まるで賓客みたいね！」

「外国旅行に来たみたい！」

などと言って、悦子たちは無邪気に喜んだ。


九月一日には軍歌を歌いながら比島神社まで行進した。

九月八日には興亜奉公日の式典が行なわれた。

毎日、夜九時にはラッパの合図で宿舎の前に整列し、人員点呼・軍人勅諭と赤十字十訓の唱和が行なわれた。

最も厳かに行なわれたのが「宮城遥拝」で、それに続けて故郷遥拝が行なわれた。

故郷遥拝の時、悦子は両親や姉たちのことを考えたが、何故か出征の日の両親の顔を思い出すことが出来なかった。しかし、悲しいとは思わなかった。

西洋建築風のしゃれた寮での生活や、優遇されている従軍看護婦の生活に何の不満もなかったからである。

しかし、如何に十六歳の悦子でも、疑問に思うことがいくつかあった。

悦子たちの寮になっているしゃれた建物は誰が、いつ建てたのだろうか？

日本人が建てた建物とは思えない。現地の建物を日本軍が使っているのだろうか？

すると、以前ここに住んでいた人たちは、どこへ行ったのだろうか？

最も疑問に思えることは、悦子たちの平穏な日々が続く中で、「英霊の部屋」の「白木の箱」だけが日に日に、確実に増えていくことだった。この「白木の箱」には戦死した兵士の遺品が入っているはずである。

この「白木の箱」は一体、どこから送り込まれてくるのだろうか？

何故、戦死した兵士の遺品を日本の家族の許に早く帰してやらないのだろうか？

日本軍は一体、どこで戦っているのだろうか？

日本軍は勝っていると聞いているのに、何故、「白木の箱」だけが増えるのだろうか？

悦子たちは言葉にならない疑問を抱きながらも、すべて軍の命令に従って仕事をしていなければならない。

⑤

悦子たちのその疑問に対する答えが間もなくやってきた。

昭和十九（１９４４）年九月二十一日、アメリカ軍によるマニラ大空襲が始まったのだ。

日本軍は何の準備もしていなかったのか、被害は甚大であった。

救急車両で次々と搬入されてくる負傷兵。悦子たち従軍看護婦は白衣など着る間もなく、開襟シャツに白ズボン姿で、夜も昼もなく働いた。

アメリカ軍の空襲は激化の一途をたどり、日本軍の中に混乱をきたしていた。病院にいた衛生兵たちは転属を命じられ、いずことも知れず姿を消してしまった。

食糧の備蓄も少なくなり、入院傷病兵のみならず、悦子たち従軍看護婦の食糧事情も緊迫してきた。

また、地元住民による「反日ゲリラ活動」も急に盛んになり、銃弾が悦子たちの間近を飛び交い、病院全体が突然、戦場になったことを思い知らされた。

十月中旬、マニラ湾に停泊中の日本軍の輸送船がアメリカ軍航空部隊に急襲された。火だるまになった多くの兵士たちが病院に収容されたが、なす術もなく、ほとんどの兵士が病院の廊下に並べたマットの上で死んでいった。

マットの上で息を引き取った兵士はまだいい方で、廊下の板の上に転がされたまま、口々に何かを叫びながら多くの兵士が死んでいったのだ。

中には、悦子の手を握り、

「戦争に来て、初めて日本の女性に会えた。嬉しい！」

と、最期の言葉を残した若い兵士もいた。十六歳の悦子でも、兵士にとっては母であり、姉であり、恋人であったのかも知れない。

病院に収容されてくる兵士の数が余りにも多く、悦子たちは睡眠をとる時間もなかった。それでも交代で体を横にはしたが、疲労のあまり、ベッドから落ちても気づかずに眠りこける看護婦もいた。

昭和十九（1944）年十二月二十日、

「救護班の看護婦は近日中に内地に帰還させる」

という話がどこからともなく聞こえてきて、悦子たちを喜ばせた。

しかし、山下奉文司令長官の、

「救護員も兵員なり。女と言えども最後まで戦い、担送患者を一人でも多く内地送還すること」

という命令によって、悦子たちの喜びは泡のように消えた。

要するに、悦子たちは「片道切符」の救護員になったのである。しかし、十六歳の悦子に、そんなことが分かるはずがなかった。

それから五日後の十二月二十五日、ケソン病院は解散した。解散、と言っても何の説明もなく、入院して動けない傷病兵たちはそのまま残し、悦子たちは少しでも歩行できる兵士たちと共に、「移動」を開始したのである。

言葉で「移動」と言えば、目的地を目指して行動することだと思うだろうが、その時の「移動」は名ばかりで、実際には「死の逃避行」だったのだ。

マニラ―カロカン―サンフェルドナンド―ロザリオ―バギオと、十六歳の悦子が知るはずもない地名。地図で見たこともない場所。その場所から場所へのまさに「移動」であった。

何の目的でどこに行くのか、それさえも知らされない単なる「移動」であった。食糧は底をつき、空腹との戦いの「移動」でもあった。「餓死寸前の集団移動」が始まったのだ。

豊かな農村地帯で育った悦子にとって、この空腹との戦いは何よりも身にこたえた。たまたま途中で出会った現地の子どもから、ヤシの実を恵んでもらうことが出来た時は、みんなでヤシの実の中の水を一滴も残さずにすすった。その時のおいしさは、生涯忘れない味であった。

何もなくなると、「泥棒」になるしかなかった。現地農民が作っている「砂糖キビ」畑が目の前に現れた時は、まるで野性のブタのように、砂糖キビの茎にしゃぶりついた。そして、汁を吸い終わると茎まで噛み砕いて呑み込んだ。

口に入る物は何でも噛んで呑み込んだ。それが出来なければ、死が待っているだけであったから。

昭和二十（1945）年一月二日、悦子たちはバギオの「南方第十二陸軍病院山の手分院」にたどりついた。と言っても、悦子たちが知るはずもない所である。標高一七〇〇メートルという高地にある「山の手分院」は、夜になると寒かったが、床に毛布類を敷き詰め、一週間ぶりに手足を伸ばして横になることが出来た。

建物の形態から、この病院も当然、日本軍が建てたものではないことがすぐに分かった。現地のものを勝手に日本軍が使っているのだろう、と悦子は心の中で思った。

「山の手分院」で二十日間ほど看護の仕事をしていたが、一月二十二日、また悦子たちは「第七十四兵站病院」への移動を命じられた。何故、移動する必要があるのか、何の説明もなく、突然の命令であった。

悦子は従軍看護婦というのは、ただただ軍の命令通りに動かされる「将棋の駒」のようなものだと感じた。だが、そんなことを口に出すことは出来なかった。そんなことを話せる相手はいなかった。

「第七十四兵站病院」へ行くと、そこには埼玉班の同期生十人が待っていた。マニラで別れ別れになって以来の再会であった。

嬉しかった。

その夜は互いの無事を喜び合い、手を取り合って眠りについた。もう、離れ離れになりたくない、とみんなで誓い合った。これまでのことを、みんなに話したかった。

しかし、再会の喜びはその日一日で消えた。

翌日、一月二十三日、寒さの中に澄みきった空が広がっていた。その空に、アメリカ軍の大飛行部隊が現れたのだ。

兵站病院はアメリカ空軍の集中爆撃を受けた。一日中、アメリカ空軍の波状攻撃が続いた。兵站病院は見る影もないほど、無残な姿となった。

病院の屋上に取り付けられていた「赤十字」の看板は、どこかに吹き飛んでしまった。「赤十字」の印など、何の役にも立たなかったのだ。

そして、悦子の同期生の二人を含め、埼玉班二十六人中、ナント、十二人の従軍看護婦の命が空に飛び散ってしまったのだ。

悦子は誰のかも分からない人間の「脳みそ」が、空に飛散するのを目の当たりにして、腰が抜けた。初めは、それが何だか判らなかった。でも、目の前に落ちているものを見て、それが人間の「脳みそ」だと気がついた。悦子はこの時、その「脳みそ」が何故、自分のものではないのか、不思議に思った。

しかし、悦子が（もう、ダメだ！）と思った瞬間、何故か、母の顔が目に浮かんだのだ。

（お母さん…お母さん…お母さん…）

悦子は自分の呟く声が、どこからともなく聞こえてきたような気がした。しばらくの間、放心状態の悦子は、自分がどこにいるのか分からなかった。

そして、ようやく周囲の状況が目に入るようになると、悦子は狂ったように二人の同期生の姿を探し始めた。

二人の同期生は崩れた崖の下に折り重なるようにして倒れていた。まるで、悦子が探しにくるのを待っていたかのように、両手を空に向けて広げていた。

悦子は二人が自分を待っていてくれたように思って、二人の髪の毛を少しずつ切り取ってガーゼに包み、泥だらけの自分の胸のくぼみに入れた。

人間の生と死の境目は一体、どこにあるのだろうか？

前夜、楽しく語り合った同期生が、翌日には無残な姿の骸になっている。戦争なのだから仕方がないのだと、簡単に思い切れることではない。悦子は夜空を見上げ、一人涙を流し続けた。

⑥

その時、日本軍にはもう「作戦」などはなかったのかも知れない。悦子たちに下った次の命令は、何と、

「また山の手分院に戻れ！」

というものだった。

何故、再び「山の手分院」に戻るのか？　悦子ならずとも、みんなが不審に思った。

しかし、命令とあらば致し方ない。

だが、この状況をアメリカ軍が見逃すはずがない。再び、容赦ない猛攻撃が今度は「山の手分院」を襲った。悦子たちは重症の傷病兵たちを病院に置き去りにしたまま、

「歩ける兵士だけを連れて谷間に避難せよ！」

と軍から命じられたのである。医薬品は皆無であった。

歩ける兵士たちの傷口にはウジが湧き、体力の消耗と栄養失調で次々と死んでいった。

その遺体を山の中に穴を掘って埋めるように、軍から命じられた。が、悦子たち従軍看護婦だって、わずかな雑炊しか口にしていなかったのだ。山の中に深い穴を掘る体力も気力もありっこない。

熱帯地方のスコールはすごい。そんな悦子たちがやっと埋めた兵士の遺体を、浅い穴から簡単に掘り出してしまった。それにまた土をかける。そんな自然との戦いの繰

り返しをしながら、

(これが従軍看護婦の仕事なのか?)

と疑問に思った。だが、誰も何も言わず、黙々と軍の命令に従っていた。


そんなある日、悦子は自分の「生理」が止まっていることに気がついた。いつからなのか自覚もなかった。悲しいとも思わなかった。逆に、救われた気がした。こんな時に「女」でいることの方が苦痛だ。「男」でいる方がいい。戦争なんだから…。

悦子は自分の心が、女であることを拒絶していることに気がつかなかったのだ。

続くバギオ脱出から、ルソン島の中部山岳地帯での逃避行は、まさに「餓死行」であった。兵士も従軍看護婦も、みんな目玉ばかりがギロギロに飛び出した顔になった。手足は痩せ細り、ただ骨が皮をかぶった状態になった。

兵士も従軍看護婦も、前を歩いていた仲間の死体につまづいて転んだら、そのまま起き上がれなかった。田んぼに落ちても誰も助けてくれなかった。助けを求める声も出せなかった。

水たまりの水を飲もうとして、そのまま水溜りの中に顔を埋めたまま、絶命した者もいた。

スコールに足をとられて水死する者もいた。それを見ても、誰も助けなかった。

イナゴ・タニシ・沢がに・ゴキブリなど、食べられる物は何でも食べた。おいしかった。

しかし、そんな小さな動物を追いかける力も、既になくなっていた。兵士も従軍看護婦も次々と死んだ。

歩けなくなって、

「先に行って下さい。私は少し休んでから行きますから」

と仲間に言う弱々しい声は、永遠の別れの言葉だった。

互いに助け合って生きてきた仲間でも、手を差し延べることは、自分の死を意味することだった。みんなそのことをよく承知していた。

一人の仲間が死ぬたびに、（次は自分の番だ）と覚悟した。

そう覚悟すると、悦子は迷うことなく肌身離さず持っていた両親の写真と、先に亡くなった同期生の遺髪を包んだガーゼの包みを捨てた。邪魔になってしまったのだ。

少しも悲しくはなかった。と言うより、もう悲しみなどは感じない人間になっていたのだ。

次々と死んでいく人間を目の前にしたら、いちいち悲しんでなどいられない。助け合いも必要ない。自分がここまで生き延びたことの方が不思議だ。

（何のために自分は生きているのだろう？）

と、悦子は感じた。死ぬ方が自然なのだ。そう考えたら、悦子は死ぬことが少しも恐くなくなった。

ジャングルの中の逃避行が何日続いたのか、それさえ分からなくなったある日、辺りが深いしじまに包まれた。

遠くの爆撃の音も消えた。自分の息遣いと弱々しい心臓の音だけが耳に届いた。

「どうしたんだろう？　何か起きたのだろうか？」

生き残った兵士たちが、うつろな目で、変わり果てたお互いの顔を見ながら、つぶやき合った。

⑦

その時、ジャングルの上に飛行機が一機飛来し、紙のようなものを撒いて、すぐに飛び去った。

その紙には、

ニホングンハ　ヤマカラオリテ　コウフクセヨ

と書いてあった。

「日本が戦争に負けた？　そんなはずはない！　これは謀略だ。信じてはいけない！」

いつも若い兵士たちの世話をしていたやさしい上等兵が、弱々しい口調でそう言った。しかし、彼自身が自分の言葉を信じていないように悦子には思えた。

悦子はそのビラによって、「神国日本」が戦争に負けたことを知った。

（生きていて良かった。もしかしたら、日本に帰れるかも知れない。両親に会えるかも知れない）

密かにそう考えた悦子は、一度は死を覚悟した自分の体に、生への熱望が湧いてくるような気がした。

体中の血液が、急に循環を始めたように悦子は感じた。

「しっかりしなさい！」

悦子が自分に言い聞かせ、ジャングルの上のかすかに見える空を仰いだ時、空の一郭に両親の顔がポッと浮かんだような気がした。

突然、武装解除を命じられ、生き残った兵士と従軍看護婦は一緒に下山を始めた。

しかし、もう体力の限界を超えていた。多くの兵士たちは、その途中で命が尽きた。

悦子の仲間の従軍看護婦も、ふもとの村を目前にして力尽きていった。険しい山の中を、これ以上歩けという方が無理だったのだ。

「一足歩けば、一足ずつ日本に近づくのよ。一足歩けば、一足ずつお母さんに近づくのよ。さあ、歩きましょう！」

と、悦子たちを励まし続けた婦長の戸村さえも、武装解除後、自分の責任を果たしたかのように、笑みを残して死んでいった。

（戸村さん…。戸村さん…待って。死なないで…。もうすぐ、家に帰れるのよ。家族に会えるのよ！）

悦子は声にならない声で、胸の中で必死に叫んだ。しかし、戸村婦長の笑みは次第に苦痛の表情に変わり、やがて静かに眠りについた。

アメリカ軍のカランバン捕虜収容所にたどり着いた時、二十六名だった「救護看護婦埼玉班」の従軍看護婦メンバーは、わずか十名になっていた。十六名の仲間が、病院の爆撃と死の逃避行中の餓死とマラリヤで、ルソン島の山中に埋もれていったのである。

（お国のためとは、こういうことだったのか？）

若い悦子の胸に、十六名の仲間の命が沈み、日ごとに胸の重味が増してくるのが感じられ、悦子は胸苦しさを覚えた。


捕虜収容所で、悦子のやつれ果てた無残な姿を見たアメリカ兵は、

「アー　ユー　ア　レッド　クロス　ナース？

オオー、ベリー　ベリー　ソーリー！

ユーアー　トゥ　ヤング！　トゥ　ヤング！」

と言って憐れみ、涙を流した。

そのアメリカ兵の涙を見た悦子は、初めて自分がまだ十六歳だったということを思い出した。

十六歳で出征した従軍看護婦・樋口悦子。

アメリカ軍の捕虜収容所のベッドに横たわった時、悦子は、

（生きていてよかった！）

と、痩せ細った自分の腕をいとおしく眺めた。

そして、戦場に散った十六名の従軍看護婦の先輩と同期生たちの名前と顔を思い出し、日ごと夜ごと、その一人一人に瞑目した。


（完）

第三部

集団自決

慰安婦にされた従軍看護婦

第三部
集団自決　慰安婦にされた従軍看護婦

①

昭和十七（１９４２）年十月、病院勤務から召集解除された村井ミチは、翌年、幼友達と結婚し、埼玉でようやく家庭に落ち着いた。

陸軍看護婦養成所を卒業したミチは、卒業と同時に甲府連隊の病院勤務を命じられ、二年間の勤務を終えて、やっと幼友達の村井勇の許に嫁いだのである。

その村井ミチの許に、思いがけなく「再召集状」が届いたのは、昭和十九（１９４４）年十一月一日のことであった。

「何故だ？　何故、また出征しなければならないんだ？」

ミチの夫の勇や舅の伊佐吉・姑のウメたち家族は、そろって不審の声を上げた。

「もう、充分お国のために尽したじゃないか。お前がいなければ、この家の跡継ぎだってできないんだぞ。断ることはできないのか？」

夫の勇はミチを抱きしめて、涙を流した。

しかし、そんなことを言えないほど、日本の戦況は差し迫っていたのである。

昭和十六（1941）年十二月八日、日本軍は「真珠湾奇襲攻撃」によって、アメリカ・イギリスとの全面戦争に突入していた。そのために、兵隊の再召集だけでなく、従軍看護婦の再召集も必要になってきたのである。

ミチの集落の人たちは、ミチの再召集を祝い、「バンザイ！　バンザイ！」と言って送ってくれた。

が、集落の人たちのどの顔にも、同情の色が隠せなかった。

（気の毒にネ、また戦地へ行くんかね。これでは子どもをつくるヒマもないやね）

と、口には出せないが、目がものを言っているのが、ミチにも分かった。
（こんなことなら、早く子どもを作ればよかった）
と、ミチ自身もそう思った。妊娠していれば、再召集に応じなくても良かったのだ。ミチは後悔の念を隠して、村の人たちの「バンザイ！」に、深々と頭を下げた。

日本軍（関東軍）は中国侵略に失敗し、米・英との全面戦闘のために、南方への移動を進めざるを得なかったのである。もし、当時の日本軍人に、或いは最高責任者の「天皇」に、この戦争が如何に無謀な戦争であるかを考えることが出来たら、ミチたちの悲劇も起こらなかったであろう。

しかし、その頃の日本人には、賢明な知恵のある人間がいなかったことが、歴史の中にはっきりと証明されることになるのだ。

当然、中国にいた従軍看護婦も南方へ移動し、中国の残留兵士のためには、従軍看護婦の再召集をするしか方法がなかったのである。しかも、再召集された村井ミチの勤務地は、中国「満州」の陸軍病院と救護所だったのだ。

新京にある陸軍病院と救護所は、「満州国」の軍官学校だった建物で、見かけは立派だったが、医療設備は皆無に等しく、病院としての体をなしていなかった。

そこに集められた従軍看護婦は三十二名。

日本全国の陸軍病院から急遽、集められた看護婦たちであった。

赤十字の看護婦は一人もいなかった。

お互いに初対面のメンバーであり、出身地や出身養成所やどのような環境の中で仕事をしてきたのか、互いに話し合う時間もなかった。

三十二名中、村井ミチが最年長の二十四歳。

一番若い看護婦は十六歳だと言ったが、それは表向きの話で、実際には「十四歳」だということが後に判った。その中には「満蒙開拓団」で現地召集された「即製看護婦」もいたのだ。

従軍看護婦の粗製濫造時代だった。たった二ケ月の「訓練」で従軍看護婦にされた女もいた。と言うより、それしか従軍看護婦を集める方法がなかったのだ。

年齢と経験から、ミチが看護婦長に任命された。
病院長は軍医で陸軍中尉の大沼一郎。
事務長は陸軍少尉の有田悠基。
庶務課長は中国人医師の劉正程。
いずれも三十代後半の男たちであった。

②

入院患者には、これまた再召集された高齢の兵士が多く、ミチが勤めていた病院よりも重傷者が多かった。そのため、戦場から病院に送り込まれてくる傷病兵の、回復や戦場復帰は殆んど望めなかった。傷病兵たちの状態から、中国大陸の戦線が絶望的であることがミチたちにも判った。

若い看護婦たちは純真に傷病兵たちの世話をし、よく激務に耐えた。しかし、毎日、何人もの兵士が、母や妻や子の名前を呼びながら死んでいった。ミチたちは死んだ兵士たちの小指と頭髪と爪を切り取り、小さな骨壺に入れ、事務長の有田悠基少尉に届けた。

有田事務長は無表情でその骨壺を受け取り、所管の小さい部屋に片端から骨壺を並べていったが、その部屋はたちまち骨壺でいっぱいになった。その後、骨壺をどのように処分するのか、ミチたちには何の相談もなかった。

若い看護婦たちにとって、この陸軍病院での仕事は過酷であった。兵士たちの死因は戦って傷ついた「戦死」ではなく、食糧がなくなり痩せ細った「餓死」であった。

それ故、入院してきた兵士たちは、病院で出した食事には殆んど手をつけないうちに、呼吸困難に陥った。また、食事を食べた途端に呼吸が停止する、という状況が毎日続いた。それも「戦死」として処理された。

そこは、もはや病院ではなく、「生ける屍の集積所」と化していたのだ。

何故、こんな状態になるまで、兵士たちを戦場に置くのだろう？

何故、もっと早く病院に入院させないのだろう？

もっと早く入院していれば、生きて日本に帰還させることも出来るのに。ミチは死に際に妻の名前を呼ぶ、弱々しい兵士の声を聞きながら、毎日そう思った。


昭和二十（1945）年三月中旬、アメリカ軍の爆撃により東京が全滅した、という噂が病院中に流れた。

若い看護婦たちは、

「まさか、そんなことが起きるはずがないわ。神国日本の帝國陸軍が、アメリカなんかに負けるはずがないわ」

と、自分を励ますような口調で言い合っていたが、ミチは東京に住む両親のことが心配になり、重苦しい不安が胸に沈んだ。

「戦病死」した兵士の数は日に日に増え続け、更に、ミチたち看護婦の手には負えない状況になってきた。骨壺も足りなくなった。

大沼病院長と有田事務長は中国人職員たちに命じ、病院の裏側に広がる草原の砂地に次々と大きな穴を掘らせ、そこにそのまま兵士たちの死体を埋めさせた。まるで猫や犬の死体を処理するかのように、兵士たちの体は無造作に捨てられた。

そこが大日本帝國陸軍の兵士たちの「合同墓」となったのだ。

しかし、そこは、冬には雪が積もり、春には新しい草が生えてくる中国の大自然の草原である。恐らく、兵士たちの「命」は、自然の中に戻っていくのだろう。「日本のお国のために戦った兵士」たちが、中国の自然の中に戻って行くとすれば、中国の人々を苦しめたお詫びとも考えられる。

ミチはそんなことを想像して、複雑な気持ちになった。

また、ミチたちにも理解不可能な「戦死」が増えた。前夜まで確かに意識があり、話が出来たはずの傷病兵が、翌朝には死んでいるのだ。

中国人の職員の噂話によると、院長と事務長が夜中に密かに病室に入り、何人かの重傷兵士に、栄養剤と称して「注射」をしているという。「注射」をされた兵士たちは翌朝、必ず死んでいた。まるで、栄養剤と称する「毒薬」の実験のような処置とも思えた。

しかし、それを証明する術はなかった。

また、その中国人職員は遠慮がちに、

「院長と事務長の他に、若い日本人看護婦もその場にいたこともある」

と言う。驚くミチの姿に、その中国人職員は戸惑った表情で、それ以上の話をしなかった。

（そんなはずはない。若い看護婦って、一体誰だろう？　夜勤の若い看護婦がその場にたまたま居合わせたということだろうか？　それとも、院長と事務長の「処置」に付き合わされたということだろうか？　それでは、従軍看護婦という立場の看護婦が、重傷の兵士を殺害することに加担したことになる。そんな馬鹿なことをする看護婦はいない。きっと何かの間違いだ！）

その「謀事」は婦長であるミチをはじめ、主な看護婦たちには何の連絡もなく行なわれていたので、確かめようがなかった。まして、若い看護婦（恐らく、現地採用の即製看護婦）に、院長と事務長が秘密裏に行なった行為を見抜く、確かな力などなかっただろう。

ミチは不審に思いながらも、亡くなったその兵士たちの死後の処置に忙殺された。そこは既に「病院」ではなく、「死体処理所」へと変わっていた。次々と死んでいくその兵士たちも当然、「戦死」だと院長と事務長は強調した。

戦後になって、それは院長と事務長による「兵士毒殺」そのものだと判明し、その現場に若い従軍看護婦がいたことも明らかになるのだが、当時の帝國陸軍幹部がそんなことをするなどとは、夢にも考えられないミチたちだったのだ。

まして、何があっても「敵・味方の区別なく人命を救護する」はずの従軍看護婦が、「兵士毒殺」の現場の協力者だった、または医師の命令で従軍看護婦自身も同じ「実行者」であったことなど、夢想だにしないミチだった。

無知と忠誠心が人間の心を空洞化させることなど、ミチには到底考えられない世界のことだったのだ。

昭和二十（1945）年八月九日、ソ連軍が国境を越えて「満州」に侵入してきたという報告があった。しかし、ミチたちはソ連兵の姿を見ることはなかった。そんなことは、どこか遠い所の話だろうと、みんなで言い合った。

八月十四日、その日、新京の町はいつになく賑わっていた。人々が屋外に出て集まり、町中に爆竹が鳴り響き、歓声が続いた。

「何が起きたのかしら？　まるでお祭りみたいね。みんな嬉しそうにしているわ。何か良いことがあったのね」

看護婦たちは仕事の手を休め、窓近くに集まって興味深げに外の町の様子に目をやった。

その時、親しい中国人看護婦がミチに近づき、もの言いたげにミチの顔を見たが、ミチはそれに気づかなかった。

③

翌日、即ち、昭和二十年八月十五日、午後二時、日本人職員は全員、病院の屋上に集められた。そして、そこで病院長の大沼一郎陸軍中尉から「日本の敗戦」を告げられたのである。

職員たちは全員おし黙ったまま、じっと足元を見詰めていた。涙を流す者も、泣く者もいなかった。

昨日の新京の町の賑わいは、これだったのか。中国の人々は昨日、みんな日本の「敗戦」を既に知っていたのだ。何も知らなかったのは、ミチたち日本人だけだったのだ。

でも、これですべてが終わる。

（早く日本に帰って家族に会いたい。夫に会いたい）

ミチは膝の力が抜けそうになるのをじっとこらえ、日本の空に続く「満州」の広い空を初めて見上げた。もし、この体に翼があれば、今すぐにでも飛び立ちたいとミチは思った。

（もう十分にお国のために働いた。これからは夫のために、家族のために、そして、まだ見ぬ自分たちの子供のために働こう）

ミチは自分の体の中に新しい血が沸きあがるような気がした。

国に帰る。

日本に帰る。

夫や家族に会うことが出来る。

しかし、それはミチのはかない夢だった。新京にいる日本人には「帰国命令」が出なかったのだ。

理由は何も告げられず、敗戦の昭和二十年は暮れてしまった。

「どうして、私たち従軍看護婦は日本に帰れないんですか？　戦争はもう終ったんですよね。だから、私たちはもう〝従軍看護婦〟ではありませんよね」

「その通りですよ。日本にはもう軍隊がないと中国の看護婦たちが言っていましたよ。軍隊がなければ〝従軍〟なんて言葉はいりませんよね。普通の看護婦だけでいいですよね」

「私は早く日本に帰って、大学で看護の勉強をしなおしたいのよ」

宿舎に戻った若い看護婦たちは、将来の夢を語り合い、一日も早い帰国を望んだ。

すると、十六歳（実は十四歳）の一番若い看護婦が心配げに言った。

「私は満蒙開拓団で従軍看護婦になるように命令されたんです。開拓団にいる両親や妹たちはどうなったんでしょうか？　心配なんです」

それを聞いて、みんな押し黙ってしまった。


若い看護婦たちの夢は無残にも砕け散った。

「この病院には、まだ重傷者が多数残っておる。その者たちを残して看護婦の帰国は許されない。最後まで世話をするのが帝國陸軍の従軍看護婦の責任である」

大沼一郎病院長の通告を聞いて、ミチをはじめ若い看護婦たちは驚いた。

帰国は許されない。軍隊もないのに、相変わらず「従軍看護婦」としての役目を押し付けられたのである。

敗戦になっても、日本政府には傷病兵を帰国させる力がなかったのだ。

否、日本政府には外地にいる日本人の存在を考える能力がなかった、と言う方が妥当かも知れない。国内にいる政治家たちは、戦争責任を逃れ、自分の命と地位を守るだけで精いっぱいだったのだ。

しかし、従軍看護婦に帰国を許さない命令は一体、どこから出されたものなのか？

「帝國陸軍」が壊滅した以上、「従軍看護婦」に命令を下す機関はないはずである。

自ら進んで従軍看護婦になったことは確かだが、帝國陸軍という命令機関がなければ、それに従わなければならないという理由もなくなることになる。

若い従軍看護婦たちから、早く帰国したいという希望が出るのも当然のことだと、ミチは思った。

そして、傷病兵たちを一日も早く帰国させ、日本で家族に会わせて療養させるべきだとミチは思った。

もし、日本政府がそれを実施していれば、この後に起こる惨劇は防げたのである。

④

昭和二十一（1946）年二月二十八日のことである。

ミチは有田悠基事務長から一通の公文書を見せられた。

立派な日本語で書かれた公文書だった。

看護婦三名の派遣勤務を命ず

その公文書にはそう書かれてある。その文書は「ソ連陸軍病院第二赤軍救護所」からのもので、ロシア語のサインがあった。

「おい、村井婦長、どうするか？」

有田事務長は軍隊口調でミチに尋ねた。

「私たちは日本帝國陸軍の命令で仕事をしてきたのですから、日本の陸軍がなくなった今、その命令に従う必要はないと思います。劉課長にお願いして、同じ戦勝国の中国人看護婦を派遣してもらったらどうでしょうか」

ミチが毅然としてそう答えると、有田事務長は、

「フン、偉そうに！　看護婦の分際で……」

と、鼻をならして立ち去った。

ところが、三時間後にまた日本語の文書を持って有田事務長が現れた。

日本の看護婦三名を派遣せよ。月給三〇〇円を支給す

「日本帝國陸軍の命令だ。看護婦三名を直ちに派遣せよ」

有田事務長は威丈高な態度で、その日本語の文書をミチに突きつけた。

（何故、ソ連陸軍の文書が立派な日本語で書かれているのだろう？）

ミチは不審に思いながら、

「どうしても日本人看護婦でなければいけないのでしょうか？　こちらも手不足で大変なんですが」

と言うと、

「日本人看護婦でなければダメだ！　帝國陸軍の命令だ。さっさと派遣しろ！」

と有田事務長は怒声を上げ、ミチを睨んだ。

（帝國陸軍、帝國陸軍と言うけれど、日本帝國がなくなったと言われているのに、おかしいじゃないか？）

と思いながら、ミチは看護婦宿舎に行き、非番の看護婦たちにその文書を見せた。

「ヘエー、ソ連軍にもこんな立派な日本語を書く人がいるんですか？」

「違うでしょう？　これはどう見たって日本人が書いたものよ。おかしいわよ」

みんなでその文書を見て、意見を言い合った。

「それに、帝国陸軍はもうなくなってしまったんでしょう？　そんな命令の仕方はヘンですよ」

「でも、帝國陸軍の命令だと言うのなら仕方ないですね。もともと、私たちは帝國陸軍の従軍看護婦だったんだから。私たちが行きましょう」

そう言ったのは安藤勝子、伊原厚子、吉田てるの三人だった。

この三人なら、ソ連や中国の看護婦に負けない仕事をしてくれるだろう。ミチ自身はまだ完全に納得した訳ではなかったが、

「それじゃあ、お願いします」

と三人に頭を下げた。

しばらくすると、宿舎の前にソ連軍のジープが現れた。ミチはその時、初めてソ連兵の姿を見た。日本兵たちの憐れな姿とは似ても似つかぬ颯爽とした姿に、ミチは目を見張った。

（これでは、日本が戦争に負ける訳だ！）

と、ミチは驚きを隠すのに苦心した。

三人の従軍看護婦を乗せたソ連軍のジープは、警笛を一つ鳴らして走り去った。

そして、一週間は何の音沙汰もなく過ぎた。ミチは三人の仲間が日本の看護婦の力を十分に発揮して、ソ連軍の医療機関で仕事をしているだろうと誇らしく思った。

三月七日、今度は庶務課の職員が再び前回と同様の公文書を届けに来た。

ソ連軍が日本の看護婦たちの実力を認めたということだろうか？

ミチは前回の三人の「交代要員」の意味だろうと思い、看護婦宿舎に相談に行った。

「他流試合みたいなものでしょうから、今度は私たちが行って、力を発揮してきましょう」

と言って池上きよ、熊井啓子、鈴木さと代の三人がその要請に応じてくれた。ところが、第二次派遣の三人を送って一週間たっても、第一次派遣の看護婦が誰も戻って来ない。

（どういうことだろう？　交代要員として送ったのに、最初の三人が戻って来ないなんて）

ミチは不安になり、看護婦たちに相談しようと思っていたところへ、何と、三度目の派遣命令書が庶務課の職員によって届けられたのである。

ミチは、大沼院長や有田事務長から、何の説明もないこの派遣要請に不審を抱きながら、残った看護婦たちに相談した。看護婦たちも首をかしげながら、

「第一次の安藤さんたちが戻って来ないのはおかしいですね。ソ連軍の病院にはそんなたくさんの患者がいるのかしら？　戦勝国なのにおかしいわね」

「仕方ないですよ。日本は戦争に負けたんですから。戦争に負けるということは、こういうことですよ。戦勝国の命令に従わざるを得ませんよ。今度は私たちが行きましょう」

そう言って、今度は山田ヨシ、原愛子、千田美代の三人が潔く服装を整え、ソ連軍のジープに乗って行ったのだった。

しかし、ミチの胸には大きな不安と疑問が残った。

何故、大沼院長も有田事務長も何も言ってこないのだろう？

派遣した看護婦たちの様子くらい知らせてくれてもいいではないか？

それとも、こちらから様子を聞きに行くべきなのかしら？

（でも、便りがないのは、無事な証拠ということかしら。私の思い過ごしかも知れない）

そう思いなおして、ミチは週末の記録とカルテの整理に取りかかった。

⑤

昭和二十一（１９４６）年三月十九日の夕刻のことであった。なんと、そこに、またまた派遣命令書が届けられたのである。

いつものように白い紙に達筆な日本語で、期日と給料の条件が書かれてある。派遣は月曜日から、とある。

（それにしてもおかしい？　こんなことがいつまで続くのかしら？　九人を派遣してから、誰も戻って来ない。こちらの病院現場も人員不足で困難をきたしている。もうこれ以上は無理だと言わなければ。明日、みんなに相談しよう）

ミチは仕事を終え、その文書を持って宿舎に引き上げようと思い、病院の玄関を出た。三月といっても大陸の夜風は冷たい。

ミチは白衣の上に羽織った厚地のコートの衿を合わせ、ふと五メートルほど先の木陰を見た。そこに誰か人が倒れているようだ。ミチが駆け寄ってみると、それはソ連軍の病院に最初に派遣した井原厚子ではないか。

ミチは驚いて厚子を抱き起こした。

「井原さん、井原さん、どうしたの？　大丈夫？　血だらけじゃないの、どうしたの？　しっかりして、井原さん！　井原さん！」

「ああ、婦長さん、…もう…もう…派遣しないで。……わたしたち……わたしたち、イアンフに……イアンフにさせられて……。だから、もう……ダメ………」

息絶え絶えに言う井原厚子の言葉に、ミチは、

「エッ、イアンフ？　イアンフって言ったの？　井原さん、しっかりして！　井原さん、井原さん」

ミチの悲鳴を聞きつけて、宿舎にいた看護婦たちと、病院の職員が駆けつけて来た。全身が血だらけの井原厚子の姿に、みんな息をのんだ。

「ドウシタノデスカ？　コレハ！　ハヤク、ビョウインノナカへ」

庶務課長の劉正程医師が周囲の職員に指示した。

「だから、もう……派遣しては……ダメ。……ぜったいに……ダメ……みんなをたすけて……」

つぶやくように言って、井原厚子は目を閉じた。

イアンフ？　慰安婦…、井原厚子はそう言ったのだ。

すべてを悟ったミチは、黙って厚子の体を抱きしめた。背中からも大量に出血していた。厚子は命がけでソ連軍の病院から脱出し、仲間の危機を知らせてくれたのだ。

何ということだろう！

ミチの不安と疑問がこんな形になろうとは……。ミチは大声で泣いて厚子を抱き続けた。しかし、ミチの泣き声は夕闇の中に消えて行くだけだった。

時すでに遅かったのだ。

その夜、看護婦宿舎でミチは残りの二十二人の看護婦たちに、井原厚子の「最期の言葉」を伝えた。

「すべて私の責任です。命をかけて、私が派遣を拒否すれば、こんなことにはならなかったんです。皆さんを守ることが出来ませんでした。疑問を感じながら、拒否しなかった私が馬鹿だったんです。死んでお詫びをしたいと思います」

みんなの前に土下座して謝罪するミチに、主任の滝沢りゅうが言った。

「待って下さい、婦長さん。こんなことになるとは誰も想像出来ませんでしたよ。私たちは帝國陸軍の命令で仕事をしてきたんじゃないですか。軍の命令は絶対でした。まだ軍の命令は正式には解除されていません。だから、婦長さんの責任ではありませんん！

謝罪なら、帝國陸軍に謝罪してもらいたいですね。毎日、私たちの前で死んでいく兵隊さんたちに対してだって、陸軍の人は誰も謝罪なんかしていませんよ。

誰のために戦争したのか、私たちは誰も知りません。兵隊さんたちが誰のために死んでいくのか、私たちにも分かりません。誰も教えてくれません。

だけど、私たちにも責任があるかも知れないと、私はこの頃思うんです。お国のためだ、名誉の出征だ、とおだてられて。何にも考えないでここまで来てしまった私たちにも責任があるかも知れないと、近頃、私は思うんです。すべて天皇陛下のためだ、なんて……」

滝沢りゅうの言葉に、他の若い看護婦たちも肯いている。

みんな同じようなことを考えていたのかも知れない。ただ、口に出さなかっただけだったのか。うっかり口に出せば、たちまち「非国民」にされてしまう。それが日本にいる時からの生活だった。

「婦長さん、今夜はみんなでゆっくり井原さんとのお別れを惜しんで、今後のことはまた明日、みんなで考えましょう。婦長さんも今夜はゆっくり体を休めて…」

滝沢りゅうの言葉に、他の看護婦たちも肯いてミチの顔を見た。ミチも、

「そうですね。そうしましょう。明日、皆さんの知恵を貸して下さい。私ひとりでは、とても…」

ミチは静かに眠っているような井原厚子の顔を見つめた。

仲間の危険を命がけで知らせてくれた厚子の静かな顔を見ているうちに、ミチの頬を涙が止めどなく流れた。みんなも涙を流しながら、黙ってミチの悲壮な姿を見ていた。

井原厚子は明るい女性だった。いつも栃木ナマリでみんなを笑わせていた。しかし、

そのこと以外に、厚子のことを何も知らなかったことにミチは気がついた。

考えてみれば、ミチは三十一人の看護婦のメンバーの名前以外の詳しいことは、何も知らなかった。出身地も出身学校も家族のことも、何も知らなかった。

「応召承諾書」など身分を証明するものは、すべて有田事務長が管理していたのだ。深夜になり、一人自分の部屋に戻ったミチは、毎日一緒に仕事をしてきた看護婦たちの顔を一人一人思い浮かべて確認した。

そして、井原厚子が最期に残した「イアンフ」という言葉を反芻した。病院勤務の時、小耳にはさんだ日本軍の「慰安所」の話を思い出した。

一日に何人もの日本軍兵士の性の「はけ口」をさせられていた「イアンフ」という女性たち。その「イアンフ」たちのことを他人事のように考えていた病院勤務の従軍看護婦時代の自分を、ミチは改めて考えさせられた。

男だけの集団の最たるものが「軍隊」である。

性的衝動の爆発は、時には軍隊規範の破壊につながる。それを防ぐためには「おんな」が必要なのだ。

戦場で、お国のために働いている女は「従軍看護婦」だけだと誇りに思ってきたが、そんな考えはごく表面的な話だったのだ。

ミチは、じっと天井を見つめながら、井原厚子の「イアンフ」という言葉を何度も声に出して呟いた。

イアンフ…イアンフ…イアンフ。

⑥

夜明けを待ちきれず、ミチは服装を整えて病院へ行く準備をした。

大沼病院長と有田事務長に会い、事の真相を質して、残りの八人の派遣看護婦たちをソ連軍の許から連れ戻さなければならない。

一刻の猶予もない。

しかし、その前に宿舎の看護婦たちの部屋に立ち寄るために大部屋の戸を開けた。

その時、ミチが目にしたものは……………。

白衣を身につけ、足首を包帯でしっかりと結び、井原厚子の遺体を中心にしてみんなで手をつなぎ、静かに横たわっている二十三人の看護婦たちの姿であった。

ミチは「キャーッ」と大声を上げたきり、その場にへたり込んで動けなくなった。

ミチは、言葉も出なかった。

何がどうなったのかも分からなかった。

しばらく、無言の世界で、ミチは胸の中だけで叫んでいた。

（みんな、ひどい！　私だけを置き去りにするなんて……。私だって同じことを考えていたのよ。ひどい、ひどい！　………）

ミチは言葉にならない叫びを、冷たい廊下の板に叩きつけていた。

「ドウシマシタカ？　ニホンノカンゴフサン、タレモキマセン」

そこに来たのが中国人医師の劉正程庶務課長だった。

劉正程課長は部屋の中を見た瞬間、仰天して、廊下の柱にしがみついた。そして、

惚けたように座り込んでいるミチの姿を見た劉課長は、その場の状況を素早く察知したように、

「フチョーサン……フチョーサン、ダイジョウブデスカ？　……ワタシ、レンラクシテキマス」

と言って、ふらつく足取りで病院に取って返した。

ミチは四つんばいになって部屋に入り、主任の滝沢りゅうの枕元に座った。

そこにはノートが置かれていた。

婦長さんへ

みんなで相談した結果、私たちは慰安婦にさせられるよりは死を選ぶことにしました。

井原厚子さんのところへ行きます。

私たちの体は、この満州の大地に埋めて下さい。

平和な時代になって、この地を訪れる日本人がいたら、私たちがご案内しましょう。

婦長さんは、私たちのような従軍看護婦がいたことを、後世の人に伝えて下さい。

さようなら。

昭和二十一年三月二十日

最後に、二十二人が自筆で書名していた。

そして、最後に「井原厚子　代筆」と書かれていた。

二十三人の連名遺書であった。

ミチは驚きを通り超えて、自分だけが仲間から置き去りにされた悔しさで、立ち上がることが出来なかった。

「何故、私だけ置いていくの？　どうしてなの？　どうして？　…どうしてなのよ…………！」

ミチは声を振り絞って、二十三人の枕元で叫んだ。

ミチの絶叫があたりに響き、中国人看護婦たちも遠巻きにして、ミチとそこに横たわる二十三人の日本人看護婦の姿を、驚愕の眼差しで見た。中国では、決してあり得ない光景だからである。

中には「リュウサン」と言って涙を流している中国人看護婦も何人かいた。看護婦としては、日本人も中国人もなく、お互いに助け合って働いてきた。特に、滝沢りゅうは中国語を話したので、中国人看護婦たちからも慕われていたのだ。

⑦

間もなく大沼一郎病院長、有田悠基事務長と共に、ソ連軍の憲兵二人と検死官が通訳を連れてやってきた。

大沼病院長は二十三人の姿を見て一瞬、顔を引きつらせ、目を背けた。

有田事務長は、「チッ」と舌打ちをして、いかにも見たくないものを見せられたような迷惑そうな顔をして、ミチを睨んだ。

ソ連軍の憲兵は、何事が起きたのか判断しかねるように通訳の方を見た。

通訳もすぐには言葉を発することが出来ない様子だった。


ミチはソ連軍の憲兵の顔を見るなり、胸の怒りが爆発したかのように大声で叫んだ。

「私の部下を返して！　いくら日本が戦争に負けたからと言って、看護婦を慰安婦にするなんて許せない！

あなた方は兵士の非行を取り締まるのが任務でしょう。日本の女性をもてあそぶ卑怯な行為を、ソ連軍は認めているんですか？

早く、八人の私の部下を返してください！」

泣きながら憲兵の胸ぐらに摑みかかったミチを、有田事務長が力づくで引き離し、床に転がした。

「何を言うか。婦長の分際で、連合軍の憲兵隊に抗議するなど、失礼ではないか！　慰安婦などと、何の根拠があって言っているんだ。馬鹿者が！」

「証拠はあります。井原厚子さんが死に際に言ったんです。ソ連軍の病院に派遣された九人の看護婦は、ソ連の兵隊に慰み者にされたんです。だから、早く返して！　早く返して下さい！」

ミチは床に座ったまま、必死に訴えた。

有田事務長はミチを見下したように言った。

「たとえそうだからと言って、それがなんだと言うんだ。それで国と国の関係がうまく行くなら、それもお勤めだろう。軍の命令だ。

女の体なんて、特別減るものでもないだろう！　慰安婦だって結構じゃないか。男の世界に必要なのは、女なんだ！　慰安婦たちだって、立派にお国のために働いているんだ。それのどこが悪い。

お前ら従軍看護婦だなんて、偉そうにしているが、お国のために、大して役に立ってないじゃないか！」

薄笑いを浮かべて有田事務長は言い放った。

「何ていうことを…。今の言葉、取り消して下さい！　私らは兵士の病気や怪我を治して、早く戦場に戻すために一生懸命に働いてきたんです。

それに、日本の女は、何よりも純潔を大事にする教育を受けてきたんです。軍の命令と言うのなら、従軍看護婦を慰安婦にしても良いという命令書を、今ここで見せて下さい。そうでなければ、少尉殿の言うことは許せません！　訴えます！」

普段はおとなしいミチが、半狂乱で抗議する姿に、有田事務長はたじろぎながら、

「うるさい、黙れ！　女のくせに、それが上司に言う言葉か！　お前がうまく女どもを説得すれば、こんなことにはならなかったんだ。許せないのはこっちの方だ！

それに、従軍看護婦は兵士の病気や怪我を治すんだと？　それじゃあ、毎晩、兵隊が死んでいくのは、一体、誰の仕業だ。お前らは命令があれば、注射一本で兵隊を殺していたじゃないか。それが誇り高き従軍看護婦のやることか？

ふざけたことを言うんじゃねえ。お前らは従軍殺人婦だよ！　命令されればなんだってやるんだ。

そんなら慰安婦の仕事もやれよ！　イアンフの方がお前らには似合っているよ。それに、今、オレたちに本当に必要なのは、イアンフなんだよ。看護婦なんかいらないよ。慰安婦が必要なんだよ。

入院している兵隊たちだって、内心は慰安婦を欲しがっているんだよ。そんなことも分からないのか。バカ！」

と言いながら、有田事務長は軍刀に手をかけた。

それを見たソ連軍の憲兵が驚き、通訳を通して言った。

「女性に暴力はいけません。よく分かりました。お気の毒なことをしました。このような悲劇が再び起きないように、早速わが軍が布告を出します」

と憲兵は気の毒そうにミチの顔を見た。そして、

「検死の結果は、一人だけ除いて、あとは全員が青酸カリによる自殺と認めます。もう、火葬にしてもよろしいです」

ソ連の憲兵たちはそれだけ言うと、二十三人の従軍看護婦の遺体に日本式の礼をして、帰って行った。

⑧

ミチの抗議によって、翌日、二十一日にソ連軍はすべての兵士に対して次のような布告を発令した。

A―日本婦人及び中国婦人に危害を加えた者は銃殺に処す。
B―日本の女性はソ連兵とジープその他の車に同乗することを禁ず。
C―たとえソ連軍の命令として伝えられたことでも、納得のゆかぬものがあれば、
　二十四時間以内にソ連軍の憲兵隊に問い合わせること。

厳しい内容のその布告について、劉正程課長がミチにそっと教えてくれた。
AとBについては理解できたが、Cの意味が理解できない。ミチがそう言うと、

「ソレハ、ソレングンノナマエヲリヨウシテ、ナニカガオコナワレタトキニハ、スグニ、ケンペイタイニ、トイアワセナサイ　トイウコトデス」

と劉課長が詳しく説明してくれた。

少し冷静さを取り戻したミチは、これまでのいきさつを考えた。

何故、ソ連軍の看護婦派遣命令書が達者な日本語で書かれていたのか？

それは一体、誰が書いたものなのか？

日本語で書かれた文書を調べれば、書いた人間が誰なのか分かるのではないか？


ミチの疑問は大沼病院長と有田事務長に向けられた。二人は日本に無事に帰るために、また、自分たちの身分と立場を守るために、看護婦たちをソ連兵に提供して、ご機嫌をとろうとしたのではないか？　女を無料で提供すれば、ソ連軍の兵士だって、大抵のことには目をつぶるだろう。

敗戦国の軍人が考えそうなことである。

多分、周囲の中国人たちは、大沼と有田の企みに気がついていたのではないか。

ミチはそう思った。ただ、ミチたちに直接伝えられなかったのだろうと思った。

ソ連軍の憲兵から、二十三人の遺体を火葬にするようにと言われた。しかし、火葬代は一人一〇〇〇円かかるとのことである。

「病院にはそんな無駄なお金はない。何とか別の方法を考えろ！」

大沼病院長と有田事務長は、まるで他人事のようにすげなく言った。

「別の方法を考えろと言われても……。何とかお願いできませんか？」

ミチは途方にくれて、病院長と事務長に懇願したが、何の返事もない。仕方なく、病院の中国人職員に頼んで、近くの草原に二十四個の穴を掘ってくれるように頼んだ。

中国人の職員は気の毒に思ったのか、

「イイデスヨ。二十四ノアナヲツクレバイイノデスネ」

と言って承知してくれた。

それを耳にした中国人の劉正程課長がミチの顔をじっと見つめ、諭すように言った。

「フチョーサン、アナタハシンデハイケマセン。二十三ニンハ、カソウニシテアゲマショウ。

オカネハワタシガナントカシマスカラ、シンパイシナイデクダサイ。オコツニシテ、ニホンノツチニウメテアゲテクダサイ。

ソレガ、アナタノセキニンデス。アナタハ、シンデハイケマセン」

劉課長の言葉がミチの胸にしみた。

二十四個目の穴には、自分を入れてもらう覚悟をしていたミチの心を、劉課長は見抜いていたのだ。ミチは劉課長のその言葉を聞いて、溢れる涙を抑えることが出来なかった。

（そうだ、私がしっかりしなければ……。私の責任なのだから……）

そして、劉課長の尽力で火葬にふされた二十三人の従軍看護婦の遺骨は、それぞれ小さな箱に入れて、ミチが日本に持ち帰ることになった。

だが、従軍看護婦たちの悲劇はまだ終わっていなかった。ソ連軍から解放されたはずの八人の看護婦の姿が消えてしまったのだ。

一人になってしまったミチに出来ることは、ただ八人の無事を祈ることだけだった。この病院で従軍看護婦の婦長として仕事をしてきたが、町に出たこともなく、周辺の地理も全く分からない。ミチにとって、どこをどう探せば良いのか、全く見当がつかなかった。そんなミチの苦悩を、大沼病院長も有田事務長も見て見ぬふりをするばかりであった。

そんなミチの姿を見て、劉課長が新京の中国人仲間からの情報を寄せてくれた。

「ワタシノユウジンタチノハナシニヨリマスト、マチノダンスホールデ、六ニンノニホンノジョセイガハタライテイルソウデスヨ」

そう言って、劉課長はそのダンスホールの地図を書いてくれた。

ミチは劉課長に感謝しつつ、五月十日、新京の町のそのダンスホールに駆けつけた。

ミチがダンスホールの入口で案内を請うと、

「婦長さん！　婦長さん！」

と叫んで、六人の看護婦が飛び出してきて、ミチに抱きついた。ミチは一人一人の肩を抱いて泣いた。

「どうして？　どうして、こんな所にいるの？　どうして病院に戻ってきてくれないの？　それに、どうして六人しかいないの？　原さんと吉田さんはどうしたの？」

矢継ぎ早にミチの口から出る言葉に、六人は困惑した表情を浮かべ、互いに顔を見合わせた。

「婦長さん、ご免なさい。原愛子さんは、イアンフにされたショックで発狂してしまって、町に飛び出して自動車にぶつかって死んでしまったんです。自殺してしまったんです。私たちがもっと気をつけていればこんなことにならなかったんです。ご免なさい、婦長さん」

「自動車に飛び込んだってこと？　どうしてそんなことを……。それも私の責任だわ。……吉田てるさんも、まさか…」

「吉田てるさんは大丈夫だと思います。吉田さんはソ連兵に一目惚れされて、結婚を申し込まれて、四月にソ連へ行きました。やさしそうな兵隊でしたから、きっとソ連で幸せに暮らしていると思います」

「エッ、吉田さんがソ連兵と結婚？　そんなことってあるのかしら？」

ミチが驚いて聞き返すと、

「吉田さんが羨ましいです。とても素敵なソ連兵でした。私たち六人はこんな汚れた体になってしまって、もう患者さんのお世話なんか出来ません。日本にも帰れません。ひどい性病に罹患してしまいましたから」

と、すべてを諦めたように言った。

「性病なら病院で治療できるじゃないの。とに角、一度、病院に帰りましょう。そして、ゆっくり相談しましょう。体を休めて、考えましょう。ね、早く病院へ帰りましょう！お願い！　病院へ帰りましょう！」

ミチは涙ながらに説得したが、六人はじっと顔を見合わせ、首を横に振った。

「どうして？　どうしてなの？」

ミチの泣きながらの説得にも、六人は首を横に振るだけだった。

ミチは悲しかった。自分の気持ちを解かってもらえず、悲しかった。それ以上に、六人の硬い表情が悲しかった。何かを決意しているような、そんな表情が悲しかった。

翌日、ミチは、せめてもの償いにと、病院にある性病の治療薬を、自分でダンスホールまで届けた。劉課長に頼んで、性病の治療薬を更に購入してもらい、毎日、ダンスホールの看護婦たちに届けた。彼女たちの顔を見るだけで心が休まった。

三十二人の仲間。それがミチにとってどんなに大きな心の支えであったか。

ミチは一人一人の名前を呼びながら、眠りにつく毎日であった。

⑨

昭和二十一（１９４６）年九月十一日の早朝のことであった。

突然、新京の在留邦人に帰国命令が出た。

「午後七時に南新京駅に集合せよ」

との命令である。そして、直ちに引き揚げ列車で出発するのだという。

病院の中は大混乱に陥った。

日本軍の重傷兵たちは、そのまま置いてけぼりにするのだという。

そんなことがあるのだろうかと思い、ミチは病院長に問い合わせようとしたが、大沼病院長の姿も、有田事務長の姿も、既に見当たらなかった。二人は兵士たちのことなど構わず、いち早く駅に向かったのだという。

ミチは、中国人看護婦たちに残った日本兵のお世話をお願いし、ダンスホールに急いだ。六人の看護婦を連れて帰ろうと思ったのである。

六人の看護婦たちは、

「婦長さん、ありがとう。私たちも準備をして駅に行きますから、婦長さんは先に行っていて下さい。必ず行きますから、二十三人のお骨を忘れないで下さいね」

と言って、ミチを急がせた。ミチは言われた通り、二十三人のお骨をリュックサックの底にしっかり入れて、南新京駅に急いだ。

ところが、六人の看護婦はなかなか駅に現れない。

（あんなに固く約束したのに、どうしたのかしら？　何かあったのかしら？）

ミチが六人分の席を確保して待っていると、白衣姿の三人がホームを息せき切って走って来る。

（どうして白衣なんか着ているんだろう？　これから日本に帰ろうというのに……。白衣なんか必要ないのに……）

ミチはそう思いながらも、

「早く、早く、乗って！　あとの三人は？」

「もうすぐ来ます。婦長さん、これ、みんなの食糧にして下さい」

三人は、抱えていた大きな包みを差し出してミチの胸に押し付け、窓から離れてしまった。

駅には残留日本人が殺到した。われ先にと座席に飛び込んできた。ミチが取っておいた六人分の席はたちまちなくなってしまった。

「乗せてくれ！　オレも日本に帰るんだ。乗せてくれ！」

「病人だけでも乗せてくれ！　このままじゃ死んでしまう！」

乗せろ、乗せろ、という叫び声と怒声が駅全体に満ちて、殺気立ってきた。列車にしがみつく人々を、将校のような男が軍刀で殴りつけ、列車から引き離している。

ミチは白衣の三人に、早く乗るように叫んだ。だが、そんな声は駅の雑踏の中に消えてしまった。

その時、ガクンと列車が動き出した。

「鶴岡さん、福島さん、山形さん、あなたたちも乗るのよ。早く！　早く！」

きしむ列車の音と、人々の怒号の中で、ミチの叫び声が響いた。列車は動き始めていた。

すると、ホームの後方から、

「パン、パン、パン、パン」

と、銃声が聞こえた。近くの人々から、

「日本人の看護婦！　日本人の看護婦、どうしたんだ！」

という、絶叫が上がった。

ミチは咄嗟に列車から飛び降りようとしたが、周囲の日本人に抱き止められて降りることが出来ない。

「離して下さい！　降りなければならないんです！　あれは私の仲間なんです！

お願いですから降ろして下さい！」

しかし、引き揚げ列車は、

「何故なのよ！　何故、帰らないのよ！」

と、泣き叫ぶミチの大声を駅に残して、闇の中につき進んで行った。

⑩

昭和二十八年、ミチが帰国してから　七年が過ぎた秋の日のことであった。中国の劉正程医師からの手紙がミチの手許に届いたのだ。

日本軍がいなくなってから、劉正程医師は病院長となって日本陸軍の病院と救護所の後始末をし、新しく建設した病院の院長になったという。その劉正程医師からの手紙であった。

ミチは驚いて、その分厚い封筒を手にした。

中国からの帰還者に、劉医師から委ねられたというその手紙が、巡り巡ってミチの手許に届いたのだ。ミチは震える手でその封筒を開いた。

劉医師がカタカナで書いた文字が、ミチの目に飛び込んで来た。それには、

三人の看護婦は、南新京駅でミチを見送った後、駅の構内でピストル自殺したこと。

残りの二人の看護婦も、ダンスホールで服毒自殺をしたこと。

最後の一人は、行方不明になってしまったが、病状を考えるとほぼ絶望的であること。

ソ連兵と結婚した吉田てるは、ソ連兵の故郷で幸せに暮らしていること。


ていねいな言葉遣いで書いてある劉医師の手紙を、ミチは胸に抱きしめて泣いた。

（こんなやさしい中国の人々を、私たち日本人がどんなに苦しめたことか）

（何のために自分たち日本人は、中国を侵略したのか）

（中国の人々は、残留日本人の子どもを引き取って育ててくれているという）

（何故……何故……何故……中国の人々はこんなにやさしいのだろうか）

ミチは胸が張り裂けるような思いで、繰り返しその手紙を読んだ。そして、更に重大なことがその劉医師の手紙には記されていたのだ。


従軍看護婦をソ連兵士に提供しようと言ったのは、大沼病院長（陸軍中尉）と有田事務長（陸軍少尉）であったこと。

二人は自分たちの命を守るために、ソ連軍の兵士たちに日本の看護婦をイアンフとして提供したことが判明したこと。


その手紙には、当時のことがかなり詳しく書いてあった。ミチは、劉正程医師の手紙を読んで、自分の直感が正しかったことを知った。が、それを証明する手段も勇気もなかった自分を、責めずにはいられなかった。

後に、ミチが厚生省幹部の知人を通して調べたところによると、病院長だった大沼一郎と事務長だった有田悠基は、朝鮮戦争を機に、日本に設置された「警察予備隊」・「保安隊」に入隊し、その後には「自衛隊幹部」になっていることが判明した。

三十名の従軍看護婦をイケニエにして、立身出世をした男の存在がそこにはあったのだ。

三十二名の従軍看護婦のうち、ソ連兵と結婚して幸せな生活を送っているという吉田てる。

張り裂けんばかりの心の痛みを抱えて帰国した村井ミチ。

この二人を除いて、「お国のために命を落とした」三十名のことを、ミチは三十年間、誰にも話さず、自分の胸の中に秘めてきた。そして、大切に持ち帰った二十三名の仲間の遺骨は、ミチの部屋の桐の箪笥の奥深くにしまって置いた。

誰にも見せたくなかった。

家族たちは、ミチが朝晩、その桐の箪笥の前で手を合わせている姿を見ていたが、誰も詳しい説明を求めなかった。

ミチの目に溢れている涙の理由も、誰も尋ねなかった。

家族たちは、ミチの背中が泣いているのを知っていたからである。

⑪

それでも、ミチは日常生活が、やっと平凡に送れるようになった。百姓の嫁として、農業に励む毎日を過していた。そんなミチの家に見知らぬ女性が訪ねて来たのは昭和五十七（1982）年の暮れのことだった。その女性は用件を聞いても、なかなか話さない。何の用事かも分からない。

ミチは、

「少し座敷に上がって、お茶でも如何ですか?」

と、その女性を誘ってみた。すると、その女性は遠慮がちに、

「よろしいですか、本当に？」

と言いながら、そろそろと座敷に上がり、正座した。

「……実は、村井さんに聞いて頂きたいことがありまして……。仕事をしていた時のことですけど……」

「どんなことでしょうか？　私は、今は百姓の女房でして、平凡な主婦なんですけど……」

「……村井さんは中国の病院で、従軍看護婦さんをしていましたよね」

「……もう、すっかり忘れました。……」

「私も従軍看護婦だったんです。731部隊の……」

「エッ、それ、どういうことですか？　それが私とどんな関係があるのですか？

731部隊って、あの731部隊ですか？　……あなたが？　……あなたがですか？　本当に……？」

「……私も村井さんと同じように、敗戦後は看護職と縁を切りました。もう、とても看護の仕事なんか出来ません。早く忘れたいんです。

……でも、作家の森村誠一さんが書いた『悪魔の飽食』という本を読んで、私もその仲間だったことを、どうしても忘れることが出来ないんです。

……中国の人々を生きたまま解剖したり。……真空室に入れて、口や肛門から胃や腸が飛び出してくるのを面白がったり。……生きてる中国人を縛り付けて、体から血液を抜き取ったり。そんなことを平気でする日本人と、ずっと付き合ってきたんです。

……最初の頃は、その現場で死体の後片付けの仕事をさせられ、吐き気が続き、起きていられませんでした。でも、『大日本帝国陸軍の従軍看護婦が何てザマだ！』って怒鳴られて。

……先輩からは、『あれは人形だと思えばいいのよ。人形が苦しんだり、人形のお腹から色んなものが出てくるのは、面白いと思えばいいのよ。笑っていればいいのよ』って言われて。

……日が経つにつれて、真面目に仕事をするよりも、ヘラヘラ笑っていれば、吐き気もなくなるようになってきて。

……敗戦直前に帰国して、何もなかったように、誰にもそのことを話さず、いかにも善良な女みたいに暮らしてきたけど。

………中国から帰国する時、石井四郎部隊長から、『これ迄見たり聞いたりしたことは、すべて、墓場まで持って行け。絶対に口外するな！』って命令されて。……それを守ってきたんですけど、でも、もうこれ以上は無理です。

……誰かに話してから、死にたいと思うようになって……。

村井さんも苦しい思いをしたということは、それとなく聞きました。

集団自決のことも……。

……村井さん、私も苦しいんです。誰かに聞いて貰わないと、頭がヘンになりそうなんです」

「……731部隊って、従軍看護婦やそこで仕事をしていた医師だとか、それを命令していた軍人だとか、何人くらいいたんですか？　そういう所があるってことは、噂にはきいたことがあるけど、私たちとは無縁の場所だと思っていたから、それ以上は……」

「ええ、実は私にもはっきりは分からないんですけど、従軍看護婦は三十人以上はいたと思います」

「三十人以上ですって？　そんな看護婦たちを、どこから集めてきたのかしら？　看護婦不足で、私なんか、再召集されたっていうのに」

「ええ、そうなんです。それに……軍医のような人がやっぱり五十人以上いたように聞きました。………それに、軍医のやることを手伝う技師みたいな人も四十人以上はいたようです。それに、一番多かったのは衛生兵と言われる人たちで、一〇〇人以上いたんではないかと、いろんな人たちから聞きました。

……何しろ、そこは秘密部隊みたいな所で、部隊の名前は……確か関東軍……防疫……給水部とか言っていたと思います。それで、満州にありましたから、……確か、満州第六五九部隊とか言っていたような気がします。………私もメモでもしておけばよかったかも知れないんですけど……何しろ、『死ぬまで絶対にしゃべるな！』って命令されていましたから……」

「………その話って、すごいショックな話ね。そんなことが胸の中に残っていたら、誰だって苦しくて、生きているのがイヤになるわ。あなたも大変だったのね。

でも………あんな戦争、何のためにやったんでしょうね？

……誰のためにやったんでしょうね？

……国のためって、どういうことでしょうね？

……天皇って何でしょうね？

……天皇が国民のために何をやってくれたって？

……結局、私たち国民が馬鹿だったってこと？

そうとしか考えられないわね。

だから、国民はもっと利口にならなければダメってことじゃない？」

「……私は今、愛知県で山林の仕事しているんです。山の中で木が育っていくのを見ていると、ホッとするんです。

……時々、村の婦人会で集まっておしゃべりをしたり、お茶を飲んだりするんですけど、みんな必ず、戦争はもうイヤだ。男たちに任せておくと、また戦争になる。だから、女が頑張って、平和な社会を作ろう、なんていう話になります。

私も、そうありたいと思うんですけど。……でも、自分のやってきたことは、絶対にしゃべれません。こんな人生は早く終わりにしたいと、私、時々、死にたいって思ってしまいます。……でも、その前に、私が見たりやったりしたことを、誰かに聞いて欲しいと思っていたんです。

………私、今、何だか、少し胸がスッとしてきたみたい。………やっぱり、話して良かった。

前から村井さんのことは知っていたんです。実は、私は村井さんの後輩なんです。陸軍看護婦養成所の」

「エッ、そうだったの？　知らなくて、ご免なさい。私は自分のことばっかりで、他には何も……」

「でも、………私、今日、村井さんに話したことを、どこかで公にしたいと思うんですけど。どうでしょうか？　どう思いますか？」

「……あなたは勇気があるわ。自分の思う通りにやったらいいと思う。……隠せば隠すほど、苦しくなってくるのよね。

……私もね、三十人の従軍看護婦の慰霊碑を建てようと思っていたのよ。まだ、誰にも話してないけど。家族も賛成してくれると思うから。

……あなたの話を聞いて、私も勇気が湧いてきたわ。あなたにお礼を言わなくっちゃね。その慰霊碑には、誰が見ても解かるように、きちんと説明をつけて……。誰にでもお参りしてもらえるように、大きく、判りやすく、ウチの敷地内に建てて、みんなに自由に来てもらえるようにしたい。

……あなたも、731部隊なんて、野獣よりも酷い所で青春の一時期を過ごして……、人生を破壊されたような気持ちでしょうけど。

こんなことを二度と起こさせないように……、私も頑張りたいと思うわ。

あなたも頑張って、今の話をみんなにするといいわ。

いろいろな所でみんなに話すといいわ。

……ありがとう。私に勇気をくれて」

「実は、もう一つ、あるんです。すごいことが。

７３１部隊って、猛毒兵器を創る研究をしていたって。その研究結果を７３１部隊の中にいた医学や薬学の研究者たちが、こっそり持ち出して、兵器なんかを造る企業に提供していたってことも聞きました。

その猛毒物質が、ベトナム戦争で、日本の会社からアメリカ軍に提供されたんじゃないかって……」

「エッ、そんな！　そんなことって、本当？　じゃあ、あのダイオキシンっていう猛毒の素は、７３１部隊が創ったものなの？

……それは、ヒドイ！　もし、それが本当なら、許せない！

……ベトナムの人たちの苦しみの根源が、日本にあるなんて！

……ああ、日本人がやってきたことって、一体、何だったの？

……ああ、イヤだ、イヤだ……」

「私も、もう、何をどう考えたらよいのか、分かりません。もし、ダイオキシンと自分のやっていた過去の仕事が、何らかの関係があるなんて……。

……ただ、一つ、私の村に、ベトナムの支援活動をしている人がいるんです。その人に匿名で、時々、支援カンパを送っているんです。それがどんな役に立つのか分かりません。でも、少しでも支援の一部にでもなればと思って……。

私なんかに出来ることなんて、その程度のことなんです。……情けない」

「そうなの？　そんな人が近くにいるの？　それはいいことを聞いたわ。私もそういうカンパを送るわ。確か、川越にそういう活動をしている女性がいるって聞いたことがあるのよ。

……いいことを教えてもらったわ。

早速、調べてみるわ。ありがとう。……私たちに出来ることって、そんなことかも知れないわね。せめてもの罪滅ぼしに……」

「わあ、良かった。何だか、同志ができたみたい。やっぱり、村井さんの所に来て良かった。……私、今夜から、安心して眠れそうです。ありがとうございました」

「私こそ……本当にありがとう。また、時々、会いましょう。今度は私が愛知県の山の中の村まで行きたいわ」

「わあ、嬉しい！　是非、私が育てた山の木を見てください。山の木も、きっと喜ぶと思います。きっとですよ！

……私、ナンカ、嬉しくて、涙が出てきちゃった……」

⑫

後輩の名前は「勇子」としておこう。

思わぬ勇気と知恵を与えてくれた後輩の「勇子」に、ミチは感謝しながら、電車の駅まで送って行った。従軍看護婦の「集団自決」という事実を、思い切って公にしていこうという、大きな決意をしながら……。

ミチは戦争当時のことを、口にするのも苦しかった。

「お国のため」「天皇のため」とは、こんなことを言うのか？

それを、日本国民は知っていたのか？

日本国民はこんな結末を、本当に望んでいたのか？

ミチはこれまで、どうしてもそれが納得出来なかったのだ。

しかし、自分の余命を考え、埼玉県都幾川村にある婚家の広い屋敷の隅に「慰霊碑」を建立することを決意した。

それを決意させてくれたのは、突然、訪ねて来た後輩の「勇子」だった。

夫や家族たちは誰も反対しなかった。家族たちはミチの気持ちをくんで、賛成してくれたばかりか、建立の費用まで出してくれた。


慰霊碑には「清き乙女たちの家」と名付け、三十名の氏名を刻んだ。

建立日は昭和五十九（１９８４）年三月二十日とした。

三月二十日。

それは、仲間の二十二名の従軍看護婦が集団自決した「祥月命日」である。

村井ミチ、八十二歳。

中国からの帰国後、看護職とは絶縁し、後に生まれた一人娘の恵美子と、夫の勇と、ミチの心の痛みをそっと包んでくれた舅・姑たちと共に、昔ながらの農業に励んだ。

集落の人々との平穏な付き合いと、自然に囲まれた豊かな農村生活に身を委ねる日々を送ってきた。


そして、夕闇迫る頃になると、慰霊碑の前で、三十名の仲間たちと静かに語り合う日々。それがミチの心を満たす日課であった。


戦争の浅ましさ。

その戦争に加担したミチ自身。

犠牲になった従軍看護婦の仲間たち。

彼女たちと、平和な青い天空で、再び会える日を心待ちにしながら……。


（完）

あとがき

「従軍看護婦」という名称は、正式の名称ではないということを百も承知で、私はあえてこの表題にした。

日本の代表的な国語辞書である『広辞苑』には、「従軍看護婦」という語は収載されていない。

東京堂出版の『日本史年表』にも、全く触れられていない。

だが、小学館の『大辞泉』『国語大辞典』には、「従軍とは軍隊に所属または従属して戦地へ行くこと」とあり、例として「看護婦として従軍する」と収載されている。

アジア太平洋戦争まで、多くの看護婦を養成・排出してきた日本赤十字社（日赤）は、「自社が養成したのは救護看護婦であって、従軍看護婦ではない」

という。

しかし、日赤で養成された看護婦たちには、卒業後二十年間（後に減じられたが）もの応召義務が課せられ、軍隊と同じ「赤紙」によって召集されてきた。

召集された「救護看護婦」たちは、軍隊に準ずる編制の下に、所属する陸海軍部隊の指示・命令に従い、すべて命を投げ打って行動してきた。

この看護婦たちを称して「従軍看護婦」と言わずして、何と言うのか？

当時の新聞には、武装した看護婦の大きな写真と共に、「男は兵隊・女は従軍看護婦！」の記事が躍り、若者たちの心を戦地へと向かわせた。

また、学校教育の中でも、その言葉が日常的教育用語として使われ、それを言わない教師は教師ではない、とまで言われた。

男児のいない家庭では、女児が「従軍看護婦」として出征することで、親の面目が保たれたと言われたのである。

ことほど然様に、「従軍看護婦」は「兵隊」と同じ、重い意味合いの呼称だったのだ。

一九四一年十二月八日、「真珠湾奇襲攻撃」によって米・英との全面戦争に突入した日本軍は、アジアの侵略地に戦軍を配し、それまで以上に多くの従軍看護婦を必要とした。

軍隊の要請に応じて、日赤は「甲種看護婦」の他に「乙種看護婦」「臨時看護婦」など、即製看護婦を創りだし、戦地へ送った。

それでも不足した帝国軍隊は「陸軍看護婦」「海軍看護婦」をも創り、戦地へ送り出したのである。

従軍期間は二年、ということになっていたが、兵隊と同じく従軍看護婦にも「再召集」の召集状が送りつけられ、家に病人や子どもがいても、応召して行ったのが現実だった。

軍隊内での看護婦の身分は、看護婦監督は将校・看護婦長は下士官・看護婦は兵卒に準じ、すべて「軍属」として扱われた。

しかし、それは「軍属」ではあっても、軍隊内の確たる「階級」ではなかった。

そのため、敗戦後に補償問題が大きな政治問題となり、国会でも議論されることになったのである。

男はたとえ二等兵でも、兵隊である限り、国から「軍人恩給」が支給された。

ところが、女の「従軍看護婦」には何の補償もなく、敗戦後、三十年間も放置されていたのである。

その原因は、兵隊は国からの「召集令状」によって戦地に駆り出されたが、従軍看護婦は日赤の「召集状」によって戦地に行ったことであった。

「令」という文字は、恐ろしい文字である。

この「令」という文字一つによって、人間の命と行為の価値が大きく差別され、激しい憤激を生んだのである。

アジア太平洋戦争中に、兵隊と共に命を落とした若き従軍看護婦は約一四〇〇名と言われているが、恐らくこれ以上であろうと思われる。

何故ならば、赤十字には記録としてその氏名が残っているが、陸海軍看護婦の記録はないからである。

幸いにして、生きて帰国できた陸海軍看護婦がいたとしても、彼女たちは自分の仲間の出身地も知らないばかりか、満蒙開拓団などから「現地召集」された即製従軍看護婦たちは、互いに本当の氏名すら知らないうちに、敗戦の混乱に陥ったと考えられるからである。

まして、「慰安婦」にされたり、それを避けるために、「集団自決」という手段で自らの命を絶った「従軍看護婦」たちがいたことなど、殆んどの国民が知らず、政治問題にもならなかった。

日本の女たちが「慰安婦」の存在を知ったのは、韓国・中国・オランダの女性たちの告発があったからである。

その女たちをイケニエにした日本の男たちは、敗戦後、朝鮮戦争の勃発を機に日本に復活した警察予備隊・保安隊・現在の自衛隊の中で、ヌクヌクと生きてきたのだ。

命を宿し、産み、育てる、女という人間。

もう、誰にも騙されてはいけない。

この世に生まれた人間は、すべて平等の価値ある命を持っている。

男に騙され、利用されてはいけない。
権力に騙され、殺人の幇助をしてはいけない。
金に騙され、心身を汚されてはいけない。
戦争中に女たちがやったこと、やらされたことを、二度と繰り返してはいけない。

女はもっと賢明になろう。
平和な世界をつくるために、互いに手を取り合おう。
国籍も、言葉も、肌の色も、目の色も、みんな違っていい。
同じ女として、みんなで手を取り合おう。
苦しみも、悲しみも、幸せも、同じ女として分け合おう。

二〇二〇年六月八日　平松伴子

著者略歴

平松　伴子（ひらまつ　ともこ）

生　年　一九四一年、山梨県生まれ。埼玉県在住。
出生地　山梨県東八代郡境川村石橋一九一一（現・笛吹市境川町石橋）

一九六〇年　山梨県立甲府第二高等学校卒業
一九六四年　首都大学東京保健科学部卒業（現）
一九七二年　東京都立高等学校を退職、英語の学習塾を開く
一九八一年　毎日新聞埼玉西支局「奥さま記者」になる
一九八二年　川越ペンクラブ入会、二十八年間『武蔵野ペン』の編集・執筆活動。

一九八三年　「毎日郷土提言賞」論文の部最優秀賞受賞
一九八四年　日本報道写真連盟入会
　　　　　　環境庁写真コンテスト女性特別賞受賞
一九八六年　坂戸毎日マラソン写真コンテスト最優秀賞受賞
一九八八年　「食を考える」論文入賞
一九九三年　「川越町づくり」論文入賞
二〇〇〇年　「21世紀の川越の環境」論文優秀賞受賞
二〇〇一年　「魅力ある街づくり」論文入賞、他
二〇一一年　「ベトナム平和友好勲章」受章

所属

一般社団法人日本ペンクラブ会員、平和委員会委員

川越ペンクラブ幹事
NPO法人日本ベトナム平和友好連絡会議会員
JVPF埼玉連絡会　副会長
日中友好協会埼玉西部支部会員
社会福祉法人「喜多路」監事

著書

エッセイ集

『女の句読点』（一九九〇年　明石書店刊）
日本図書館協会選定図書
『女の目線』（一九九一年　明石書店刊）
『女の場面』（二〇一三年　まひる書苑刊）
『女ですから』（二〇一七年　コールサック社刊）

論文集

『この町が好きだから』（二〇〇一年　さいたまぶっくサービス刊）
国立国語研究所研究図書

小説集

『愛しき人よ　そして　子どもたちよ』（二〇〇五年　まひる書苑刊）
小説集『平凡な女　冬子』（二〇一九年　コールサック社刊）

伝記

『学校はわがいのち――山村ふみよの歩んだ道』（一九九四年　埼玉新聞社刊）
『流れるままに――埼玉初の女性代議士　松山千恵子の軌跡』
（二〇〇二年　松山千恵子記念誌刊行会刊）
『意思あるところに道あり――埼玉初の女性大臣　石井道子の真・善・美』
（二〇〇八年　石井道子刊）

『二人のドン・キホーテと仲間たち――中国・ホルチン沙漠の緑化に挑む日本人』

（二〇〇九年　まひる書苑刊）

『世界を動かした女性グエン・ティ・ビン　ベトナム副大統領の勇気と愛と哀しみと』

（二〇一〇年　コールサック社刊）

社史

『医業はるかにも――小室勝男・武蔵野総合病院　四〇年の足跡』

（二〇〇六年　武蔵野総合病院刊）

『柳河精機五十五年のあゆみ』

（二〇〇七年　柳河精機株式会社刊）

共著

『川越大事典』

（一九八八年　国書刊行会刊）

『写真集　川越喜多院五百羅漢』

（一九八八年　聚海書林刊）

『川越人物誌　第三集女性編』

（一九九四年　川越市教育委員会刊）

『川越と朝鮮通信使』

（二〇〇七年　編集委員会刊）

『中国を楽しむ』（二〇一四年　日中友好協会刊）

ベトナムレポート

ベトナムレポート　No.1『思いがけない出来事』（二〇一二年七月一日発行）
ベトナムレポート　No.2『〈仁愛の家〉に出会う旅』（二〇一二年十二月三十一日発行）
ベトナムレポート　No.3『日本ベトナム国交樹立四〇周年記念の旅』（二〇一三年一〇月三十一日発行）
ベトナムレポート　No.4『七軒目になった〈仁愛の家〉に出会う旅』（二〇一四年十一月二十三日発行）
ベトナムレポート　No.5『十四軒になった〈仁愛の家〉』（二〇一五年十二月十日発行）
ベトナムレポート　No.6『ビン女史卆寿の笑顔・二十一軒になった〈仁愛の家〉』（二〇一六年十二月一日発行）
ベトナムレポート　No.7『二十四軒になった〈仁愛の家〉・世界のモデルケースになる』（二〇一七年十二月十五日発行）

ベトナムレポート　No.8『三〇軒になる〔仁愛の家〕・前世からの縁の中で』
〔二〇一八年十二月二〇日発行〕
ベトナムレポート　No.9『四〇軒になる〔仁愛の家〕・日本人の愛が実る』
〔二〇一九年十一月十六日発行〕

石炭袋

平松伴子 小説集『従軍看護婦』

2020 年 8 月 15 日　初版発行

著　者　　平　松　　伴　子

発行者　　鈴　木　比　佐　雄

発行所　　株式会社　コールサック社

〒 173-0004　東京都板橋区板橋 2-63-4-209

電話 03-5944-3258　FAX 03-5944-3238

suzuki@coal-sack.com

http://www.coal-sack.com

郵便振替 00180-4-741802

印刷管理 （株）コールサック社　製作部

＊カバー写真　平松伴子　＊装丁　奥川はるみ

落丁本・乱丁本はお取り替えいたします。

ISBN978-4-86435-443-1　C0093　￥1500E